시선

시선

ⓒ 김민준, 성립, 2016

초판 1쇄 인쇄 2016년 06월 24일
초판 1쇄 발행 2016년 07월 01일

글쓴이 김민준 | 그린이 성립 | 펴낸이 김해연 | 책임편집 김정래
디자인 앨리스인드림 | 인쇄 및 제본 데이타링크

펴낸곳 프로젝트A
출판등록 2013년 3월 14일 제311-2013-000020호
주소 122-906 서울시 은평구 백련산로 14길 15 B02호
대표전화 02-359-2999 | 팩스 02-6442-0667 | 전자우편 haiyoun1220@daum.net

ISBN 979-11-86912-15-7 (03810)

• 이 도서의 국립중앙도서관 출판예정도서목록(CIP)은 서지정보유통지원시스템
  홈페이지(http://seoji.nl.go.kr)와 국가자료공동목록시스템(http://www.nl.go.kr/kolisnet)에서
  이용하실 수 있습니다. (CIP제어번호 : CIP2016015301)

시선

김민준 글 — 성립 그림

프로젝트A

시詩를 쓰러 왔다가

시詩가 되어 돌아가는 삶,

삶은 끝이 있기에 더욱 아름다운 것.

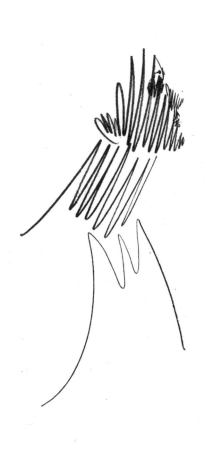

차례

1부

슬픔이 있기에 행복이 있고
불안으로 인해 위안이 있다.
불완전함이야말로
실은 가장 완벽한 균형이리라.

선을 그었다. 세상과 나 사이에 넘을 수 없는 벽을 세웠다. 넘을 수 없는 깊은 밤처럼 닿을 수 없는 감정의 골이 깊다. 무수히 많던 별들도 오늘은 눈을 감았다. 창백한 블라인드로 다시 한 번 경계를 확실히 한다. 나는 거친 호흡을 고르며 마지막 결심을 한다. 이해할 수 없는 것들을 알아보려 했던 때도 있었다. 볼 수 없는 것들을 느낄 수 있다고 믿었던 때도 있었다. 저마다의 무수한 꿈들이 밤하늘의 별과 같이 빛나고 있다 믿었던 때도 있었다. 그러나 지금, 그 모든 것들은 선 너머에 있다. 선을 긋는 행위로 말미암아 나는 답답한 새장에서 벗어나 지난날, 결코 닿을 수 없었던 곳까지 날아오를 수 있으리라.

아득하다. 생을 마감하려는 순간 공교롭게도 뜨겁고 진하게 내가 이 공간에 존재하고 있음을, 분명하게 살아 있음을 느낀다. 찬

겨울의 조그만 방 한구석에서 울컥 피가 서럽게 서럽게 울고 있다. 그 눈물을 나는 닦아줄 수 없다. 그저 '목 놓아 울어도 좋아.' 하고 애써 눈물을 삼키지 않고 뱉어내는 일이 최선의 위로이리라. 시작도 울음이었거니와 인생은 마지막까지 눈물의 연속일 테니, 더는 그 눈물을 거둘 생각일랑 말고 그냥 목 놓아 울어라. 이내 시야가 흐릿해진다. 초점이 사라지며 균형을 잃는다. 아니, 어쩌면 이미 잃어버린 균형을 다시 찾는 길인지도 모르지. 많은 것들을 사랑했지만 그 무엇도 지킬 수 없었다. 더 이상 잃어버리는 것은 싫다고, 이제 더는 잃을 것이 없다고, 제발 다시는 내 소중한 것들을 빼앗아가지 말라고, 구차하게 마지막 날들을 회상하며 차가운 방바닥으로 몸을 누인다. 사실은, 더는 사랑할 힘이 없다. 더는 무엇도 사랑하지 못하기에 나는 선을 그어 나를 그만 놓아주는 것이다.

마른 가지에 겨우 남아 있던 잎새 하나가 힘 없이 바람에 날려 아무도 모르게 조용히 세상 속으로 흩어진다. 바. 스. 락.

다시 아침이 밝았다. 눈이 부시다. 지난 세상의 모든 빛이 나를 향해 쏟아져 내리는 것 같은 기분이 든다. 수많은 시선이 담긴 고요한 문책, 덜컥 겁이 났다. 살아 있다는 사실이 오늘만큼 두려운 적이 없었다. 어째서 내가 다시 눈을 뜰 수 있는 거지? 그곳은 분명 빈방이었다. 아무도 찾아주지 않는 내 마음 같은 곳, 분명 안심하고 마지막으로 눈을 감을 수 있는 최적의 장소였다. 남아 있는 모든 용기들로 선을 그었건만 나는 지금 외딴 곳에서 이렇게 멀쩡히 살아 있다. 몸을 일으키려 하자 어지러움과 구토가 밀려온다. 도무지 받아들일 수가 없다. 나는 왜 여전히 살아 숨 쉬는가. 마지막까지 내 마음대로 되는 일이 없다.

그때 달그락거리는 소리와 함께 문이 열렸다. 나는 그들을 노려봤다. 자유로울 권리를 방해한 존재들, 그대들은 누구인가.

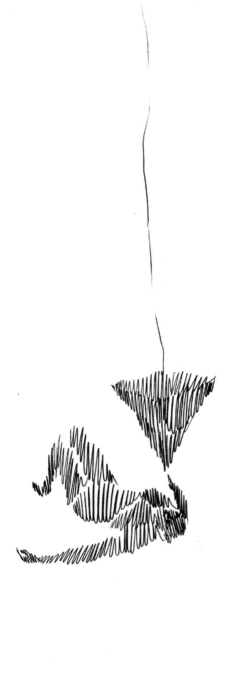

아무런 말없이 호흡과 맥박을 확인하고 왼 손목의 상처를 확인한 뒤 그들은 서로 귓속말로 무언가 이야기를 주고받고는 이내 사라졌다. 나는 아무런 말도 할 수 없었다. 눈물이 쏟아질 것 같았지만 꾹 참았다. 그것만이 내가 저들에게 할 수 있는 유일한 반항이었다. 내가 누구인지, 내가 어떠한 이유에서 선을 그었는지 저들은 아무런 관심이 없다. 감정이 녹아 있지 않은 배려는 나 자신을 더욱 초라하게 만들었다. 뚝, 뚝, 링거에서 떨어지는 수액이 일정하게 혈관을 타고 들어온다. 이렇게 또 살아남아 버렸다.

의사와 간호사가 자리를 뜬 뒤 전혀 다른 분위기의 남자 두 명이 안으로 들어왔다.

"거 아직 젊은 분이 그러면 됩니까?"

배가 불룩 나온 남자가 먼저 입을 열었다. 나는 아무 말도 하지 않았다.

"아, 나는 서울 성북 경찰서 경사 조달환이고, 의사분 말로는 안정을 취할 때까지는 이 상태로 좀 있어야 할 것 같다고 하네요. 대충 상황은 알겠고, 아무튼 이 친구한테 고마워하세요. 그러고 보니 생명의 은인, 뭐 그런 거네."

배불뚝이 남자는 너스레를 떨며 담배 한 대를 입에 물더니, 이내 주변을 슬쩍 쳐다보고는 밖으로 향했다.

이제 병실에는 나와 내 생명의 은인이라는 사람, 단 두 명이 남았다. 나는 여전히 입을 다물고 있었다. 서툰 동정의 말이 귓가를 맴돌기 전에, 그가 멀어졌으면 좋겠다. 낯선 사내가 마침내 입을 열려고 하는 순간 몹시 심한 갈증이 몰려왔다.

"물 좀 주세요."

"아, 잠시만요! 바로 가져다 드릴게요."

수치스러웠다. 나약한 자신을 타인에게 내보이는 일 따위 더는 그만이길 바랐건만, 스스로 물 한 모금을 청하며 동정을 구하는 꼴이라니. 요란하게 밖을 향했던 남자는 숨도 채 고르기 전에 물 한 컵을 들고 다시 등장했다.

"소용없어요. 저는 포기하지 않을 거예요."

남자의 동공이 커지며 거친 호흡이 빈방을 채운다. 숨소리가 침묵을 슬며시 밀어내려고 할 때 나는 다시금 한마디를 보탠다.

"당신은 그저, 이 작고 좁은 새장에 나를 조금 더 오래 가둬두고 싶은 사람 중 한 명일 뿐이에요. 거기까지, 더 이상 참견은 말아주세요. 당신 같은 사람, 이미 많이 봐왔고 앞으로 또 몇몇을 더 보게 될지도 모르겠지만 착각하지 말아요. 방해만 될 뿐이니까요."

그는 말이 없다. 입술을 살짝 깨물고 들고 온 물컵만 만지작거리고 있다. 무언가 망설이는 눈치다. 무엇이 그를 망설이게 하는 것일까. 나는 이른 겨울바람처럼 낯설게 그를 바라본다. 남자도 나를 바라본다. 마주친 그의 눈동자에 흐릿하게 내가 비친다. 연민의 눈빛이다. 나를 이해한다는 그 눈빛이 안쓰럽기까지 하다. 타인의 마음을 완벽히 이해할 수 있다는 믿음만큼 완전한 오해도 없다는 것을 그는 정말 모르는 걸까. 결국 그는 하고픈 말을 삼킨 얼굴로 등을 돌린다. 이렇게 다시금 빈방에 남겨진 신세지만 달라진 것이 있다면, 이곳은 내 방이 아니라는 것과 나는 24시간 감시당하고 있어 밖으로 나갈 수 없다는 것이다.

그는 무언가 결심이라도 한 듯 뒤돌아선 채 알 수 없는 말을 남기고 떠났다.

"조금 더 건강해지면 그때 말해줄게요. 그날 당신을 구한 생명의 은인에 대해서 말이에요. 그럼 이만."

한심하긴. 가져온 물을 다시 들고 간 걸로 보아 그는 적지 않게 당황한 것이 분명하다.

혼자다. 다시 외롭다. 실은 나의 삶, 그쪽이 편한 지 오래다.

배가 고프다. 꼬르륵, 이 소리가 내 심기를 몹시 불안하게 한다. '참아야 해. 부정하려 하지 마. 내가 정말 원하는 것은 자유야. 이 좁은 세상이 아니라 진정한 자유.'

병실은 온통 새하얗다. 어렸을 적 보았던 스케치북처럼 단출하고 꾸밈없는 분위기, 허나 내가 바꿀 수 있는 것은 무엇 하나 없다. 어른이 되기 전엔 내가 그리고 싶은 것들을 그려 넣을 수 있었다. 내가 원하는 색깔로, 그것이 무엇이든 상상하는 것들로 그곳을 채워 넣을 수 있었다. 틀리면 주르륵 하고 찢어버리면 그만이었다. 마음에 들지 않으면 다음 장에 다시 그리는 걸로 충분했다. 다시 시작할 수 있다는 일, 그것이야말로 최고의 행복은 아니었을까, 문득 그런 생각이 들었다. 사실은 이미 돌이킬 수 없는 게 아닐까. 모든 것이 정해져 있고 내가 할 수 있는 일은 그저 정해진 순리에 따라 나의 삶을 진행시켜 나가는 것이 전부이지 않을까.

아침에 눈을 뜨니 엄마 냄새가 났다. 또 옆에서 자는 내 모습을 지켜봤겠지. 그녀는 왜 나를 포기하지 못하는 것일까. 나조차 나를 포기하고 싶은데 왜 그녀는 이렇게까지 내게서 마음을 떼지 못하는 걸까. 나는 그 마음을 도저히 이해할 길이 없다. 굳이 이제 와서 그녀를 탓할 생각은 없다. 정말로 엄마의 잘못만은 아니니까. 이곳에서 내가 할 수 있는 건 수없이 많은 물음들에 아무런 답을 할 수 없음을 인정하는 것뿐이다.

CCTV가 24시간 나의 행동을 관찰하고 있다. 나를 지켜보는 존재는 무슨 생각을 할까? 그는 나에 대해서 얼만큼 안다고 생각할까? 혹시라도 나보다 자신이 더 많은 자유를 가지고 있다고 착각하고 있지는 않을까? 그 또한 이 세상 속에서 자신도 모르게 누군가의 시선에 갇혀 있음을 그는 알고 있을까?

딸깍, 적막을 깨는 소리다. 두렵다. 그녀의 눈빛을 마주하는 장면, 나는 자신이 없어 멍하니 창밖으로 눈을 돌렸다. 창에 어린 그녀의 얼굴엔 근심과 피곤이 드리워져 있다. 그녀가 말없이 내 옆에 바구니 하나를 내려놓는다. 그 속엔 빨갛게 익은 홍시가 담겨 있다. 그때야 알았다. 아, 가을이구나. 그녀를 다시 만났을 때 그녀는 내 손에 홍시 하나를 쥐어주며 말했었다.

"혜원아, 엄마야."

그때의 내 마음은 익을 대로 익어서 더는 견딜 수 없어 바닥으로 떨어진 와르르 깨어진 감 같았다. "이 다음에, 이 다음에." 하고 나를 떠난 사람. 나는 사랑보다 외로움과 친해지는 법을 먼저 배워야 했다. 사랑받는 법보다 떠나는 엄마의 뒷모습을 하염없이 바라보며 우는 법을 먼저 겪었다. 그녀는 나를 버렸고, 또 그녀는 다시 내게로 돌아왔다. 미처 알아차리지 못하고 지나치던 가을 풍경 속에서.

"홍시야. 냉장고에 넣어둘 테니 먹으렴."

"…."

도무지 무슨 말을 해야 할지 몰라 눈을 감고 매번 그랬던 것처럼 1부터 숫자를 셌다. 아마 세 자릿수 어디쯤이었을까. 그곳에서 깜빡 잠이 들었던 모양이다. 방 안이 어두우니 조금 마음이 놓이는 기분이다. 아마 혼자여서 그렇게 느껴지는 것일 테지. 언제부턴가 어둠이 내려앉은 시간이 낮보다 친숙한 기분이 든다. 나를 지켜보던 눈빛들도 조금은 희미해졌겠지. 몸을 일으켜 주위를 둘러보니 탁자 위에 물 한 잔과 수첩 하나가 있다. 컵 안에 든 물에는 아직 온기가 담겨 있다. 물을 한 모금 삼키고 갈증을 밀어내자 낯선 수첩 하나가 눈에 들어온다. 꽤나 두껍다. 빼곡하게 글자들이 적혀 있다. 날짜, 날씨, 틀림없이 일기장이다. 그 속에서 툭, 하고 쪽지 하나가 떨어져 나왔다. 반듯하게 접혀 있는 종이 속에는 삐뚤삐뚤한 글씨가 적혀 있었다.

　글쎄요. 누군가 그러더군요. 우리가 사는 이 세상은 어
찌 보면 참 의미 없고 지루한 것도 같지만, 누구에겐 단
하루라도 더 머물고픈 아름다운 찰나일 수도 있다고.
　－서연우

　서연우. 며칠 전 다녀간 그 경찰? 내 생명의 은인? 아니, 내 생
명의 은인이 누구인지 알고 있는 유일한 사람. 글씨를 보아하니
그의 것은 아닌 듯했다. 일기장 속의 글씨는 깔끔하고 반듯했으
며, 만나보지 않아도 이 사람이 어떤 성격인지 대강은 예상할 수
있을 만큼 유별난 구석이 있었다.

11월 20일, D-100
갑자기 비

        그럭저럭 나쁘지 않은 삶의 연속이라 믿었는데, 막상 끝이 너무도 가까이 있으니 지나온 나날들을 후회하기에도 빠듯한 시간이다. 지금껏 하고 싶으면 하고 하기 싫으면 하지 않았던 멋지고 비겁한 날들과는 반대로 죽음 앞에서 나는 한낱 초라한 인간이라 어찌할 방도가 없다. 처음엔 보호자분과 다시 오라는 말을 하기에, 그럴 여건이 안 됨을 한참 동안이나 설명하고 나서야 의사는 겨우 한숨을 늘어놓았다. 그도 그럴 것이 지금까지 그는 얼마나 많은 사람들에게 마지막 순간이 머지 않았음을 알려야 했을까. 나는 그만 웃음이 났다. 나보다 더 울상을 하고 있는 의사를 달래는 상황이 꽤나 영화 같았다고나 할까. 누구나 한 번쯤 스스로의 삶을 영화 속 어떤 주인공과 동일시하고 싶을 테지. 나에게도 꿈꿔온 그런 영화 같은 장면이 있기는 하다. 비록 지금의 상황과는 너무도 다른 장면이지만 말이다. 아직 무더위가 찾아오지 않은 봄과 여름 사이의 계절, 잠이 덜 깬 아내의 이마에 가벼운 입맞춤을 하고서 시원하게 햇살이 부서져 내리는 지중해 해변을 바라보며, 이른 아침 커피 한 잔과 함께 좋아하는 소설 책의 한 구절을 읽어 내려가는 영화 같은 순간. 그것이 내가 꿈꾸던 인생 최고의 명장면이었건만, 늘 그렇듯 인생이란 생각과는 상당히 다른 모습으로 우리 앞에 불쑥 다가오곤 한다.

생각해보면 머리가 아프다고 느낀 건 꽤 오래전부터였다. 그저 두통인 줄로 알고 참고 견디다가 언제부터인가 통증에 익숙해져서 머리가 아픈 것이 이상한 일이라는 것도 눈치채지 못했던 거다. 그렇게 괜찮을 거라고 스스로를 위로하며 살다가 결국 어젯밤, 나는 어딘가로 향하려다 그만 버스 정류장에서 의식을 잃고 쓰러지고야 말았다. 눈을 떠보니 흰 가운을 입은 사람들에게 둘러싸여 있었다. 덜컥 겁이 났다. 영화를 많이 본 탓인지 납치나 생체 실험 같은 장면을 떠올려버린 것이다. 고래고래 소리를 지르며 병원 복도를 한참이나 달리다 그만 다시 균형을 잃고 힘없이 툭 쓰러졌을 때, 나는 갑자기 궁금해졌다. '근데 내가 어제 어디를 가려고 했었지?'

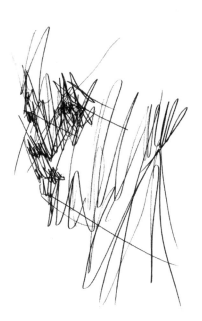

시한부 선고를 받고 다소 담담하게 병원을 나서는 길, 예정에 없던 비가 내렸다. 사실 크게 놀랄 일도 아니다. 항간에 우리나라 기상청은 사내 체육대회 때 비가 온다고 할 정도니 말이다. 평소 같았다면 화가 났을 거다. 그러나 예정에 없던 비마저 감사한 기분이랄까. 나는 손을 뻗어 떨어지는 비를 느껴보고 싶었다. 가볍고 경쾌하고 어떤 미련도 없이 위에서 아래로 내려오는 비. 부러웠다. 미련 없이 내려놓을 수 있을까. 내가 사랑하는 그 모든 것들로부터 멀어질 수 있을까. 조금 있으면 그치겠거니 하고 카페에 앉아 비 내리는 거리를 감상했다. 비를 피하기 위해 바쁘게 뛰어가는 사람들, 휴대전화에 짜증 섞인 음성을 흘리는 남자와 우산을 쓰고 무엇인가 골똘히 생각하고 있는 누군가의 뒷모습까지 세상의 모든 움직임에 생동감이 있었다. 불쑥 더 살아보고 싶다는 생각이 들었다. 아마 머지않아 나는 급속도로 나약해지겠지. 모든 것들에 새삼 감사함을 느끼다가 왜 하필 나여야만 하냐고 화를 내기도 했다가 이내 담담하게 주어진 현실을 받아들이려 노력하기도 하겠지. 두렵다. 언제 죽어도 억울하지는 않을 만큼 썩 불행한 생은 아니었다고 생각했건만, 아직도 내게는 100일의 삶이 남아 있거늘 너무나 아쉬워서 잠을 설치고 짐짓 꿈을 꾸지 못할 것 같은 기분이 든다.

집으로 돌아오는 지하철 풍경에 그만 멀미가 났다. 빗속의 사람들과는 사뭇 다른 모습이었다. 모두들 작고 네모난 스마트폰을 보고 있을 뿐이었다. 표정도 없고 의미도 없으며 그 모습엔 사랑도 없었다. 인간이란 적응과 진화의 동물이라 했던가. 진화와 함께 불필요한 부분들이 퇴화하는 것은 아닐까. 이제 더 이상 사람들은 서로 눈을 마주치지 않는다. 그 사이엔 무언가 '벽'이 있다. 사람의 눈과 똑같은 밝기의 화면이라 할지라도 그것은 사람의 눈이 아니다. 그 무엇도 인간의 본질을 넘어설 수는 없는 노릇이다.

이제 말하지 않고도 서로의 마음을 느낄 수 있었던 따뜻한 시선은 점차 사라지겠지. 어쩌면 다행스러운 일인지도 모른다. 사람과 사람 사이에 적어도 진심 어린 마음과 시선이 조금은 남아 있을 때 생을 마칠 수 있다는 것이. 복잡하고 아련한 하루였다.

순수

문득 그립다. 사랑하기에 앞서
무엇의 편견도 신경 쓰지 않았던,
입술을 마주하기 전 그와 나 사이에
어떠한 허물도 존재하지 않았던,
단순하게 좋아했고 진심만이 그것의 목적이었던
많이 서툴렀고 지나치게 솔직했던
젊은 나날의 거짓말 같은 순수

사랑, 그것은 전대미문의 시절
그 속에서 겪은 나의 주옥 같은 경험담이다.

　　　태어나 처음으로 파마를 했다. 시한부의 삶에 불
행 중에도 다행인 것이 있다면 죽음 이외의 다른 두려움들이 별
로 겁나지 않다는 것. 파마를 하고 늘 앞머리로 가리고 있던 이마
를 훤히 드러냈다. 머리칼을 위로 쓸어 넘기는 일이 아직은 조금
어색하면서도 정말 이 별것도 아닌 일을 그동안 도무지 실행할
수 없었던 것이 의아해지기도 했다. 내가 정말 두려워서 행하지
못했던 것들, 사실은 별일도 아니었던 모양이다. 우리의 삶은 그
렇게 중요한 것들을 놓치면서 깨달음을 얻어가나 보다. 생각해보
니 후회와 깨달음은 많은 부분이 닮아 있다. 그걸 미리 알았다면
두려워하지 말고 그냥 후회할 일들을 더 많이 시도해볼 것을 그
랬다. 더 많이 후회하다 보면 그 속에서 결코 놓치지 말았어야 하

는 것들을 알 수 있었을 텐데. 나는 솔직히 잘 알지 못했던 것 같다. 무엇을 놓아야 하고 무엇을 잡아야 하는지. 겁이 많아 아무것도 하지 않았는데 돌아보면 그것만큼 위험한 행동도 없었다. 아마 그래서인지도 모르지. 내 머릿속에서 혼자서는 감당하지 못할 아주 조그마한 기형 세포들이 나를 조금씩 밀어내려 하는 것 또한, 삶이 내게 마지막으로 말해주기 위함인지도 모르지. 더는 망설일 여유가 없다는 걸. 해서 나는 오늘 파마를 했다. 게다가 꽤나 잘 어울리지 않는가. 이것 참 불행 중 다행이다.

병원에서는 급하게 치료를 권했지만 남은 시간을 병원에서 보내는 일이 쉬운 일은 아니다. 마지막 순간인 만큼 욕심을 부려보려 한다. 살아오면서 늘 양보만 하고 살았다. 누군가의 기대에 내 꿈을 양보했고 현실의 상황 때문에 나의 미래를 양보해야 했다. 어쩌면 지금이 스스로의 행복을 좇아야 할 가장 '적절한 때'는 아닌가 하는 생각이 들기도 한다. 나의 희망은 완치가 아니다. 단 하루라도 의미 있는 존재로 살아보는 것, 그저 일 분 일 초라도 더 내가 사랑한 것들과 함께 존재하고 싶다. 할 수 있을지 없을지는 하지 않으면 누구도 모른다. 지금껏 수많은 선택의 기로에서 내가 결정한 길은 늘 더 안전한 쪽이었지만 이번엔 다르다. 나는 더 가치 있는 것들로 남은 시간들을 채워갈 것이다.

새까만 어둠에서 불빛이 다가오기 시작했다. 때마침 들어오는 지하철을 바라보다 그만 눈물이 났다. 이렇게 기다리고만 있으면, 가만히, 제자리에, 내가 있을 곳에 그냥 서 있기만 하면, 바라던 것들이 알아서 제때 마음의 문을 열고 나를 반겨주면 얼마나 좋을까. 뜬금없이 그 사람이 내게 했던 말이 떠올랐다.

"당신을 참 많이 좋아했어요. 멋지고 똑똑해서가 아니라, 장난기 많은 소년 같아서. 잘 가요."

헤어진 사람에게서 건네어 받은 말 한마디가 이 순간 이토록 소중하게 느껴지는 무엇 때문일까. 그 사람, 지금 내 모습을 보면 무슨 생각을 할까. 그때 차마 하지 못했던 말이 있었는데 우연히 마주친다면 꼭 전해주고 싶다.

"당신을 참 많이 좋아했어. 나를 보는 당신의 시선에는 언제나 진심이란 향이 맺혀 있었거든. 잘 지내."

그날이 찾아오기 전까지 나는 섬세하게 나의 하루들을 기록하려 한다. 한 편의 다큐멘터리 영화처럼 죽음으로 성큼 다가서고 있는 외로운 한 남자의 시선을 나는 이 일기장 속에 고스란히 담아놓을 심산이다.

그랬었다면, 붙잡았더라면,
미리 알았더라면

만약에 사랑이 애원으로 되는 일이었다면
세상에 사무치는 이별 같은 건 존재하지도 않았을 텐데

만약에 사랑이 마음만 가지고 되는 일이었다면
모든 상황 속에 어쩔 수 없는 작별이란 다가오지도 않았을 텐데

만약에 사람이 사랑하지 않고 살 수 있었더라면
우리가 그 모든 것으로부터
사려 깊은 외로움을 차마 경험하지 않아도 되었을 텐데

그랬었다면, 붙잡았더라면, 미리 알았더라면
늘 만약이란 말 속에는 이루 말할 수 없는 애잔함이 있더라
누군가에 대한 그리움도
삶에 대한 지독한 집착도 결국에 끝이란 없더라
마침표라곤 없는 이 짧은 시 한 편처럼

D-100일부터 시작한 일기는 조금씩 날짜가 줄어들었다. 그러면서 동시에 일기 속의 남자는 괴로워했다. 그의 병이 그를 아프게 해서가 아니라, 많은 것들을 너무 늦게 깨달았다는 미련함 때문이랄까. 나는 그렇게 느껴졌다. 일기를 넘기다 보니 어느 때엔 그 유난히 정확하고 일정한 간격을 유지하던 글자들이 비틀거리며 자리를 이탈하기도 했다. 그는 무언가를 그리워했다. 한 사람을 그리워했다기보다 그 시절 그 순간 그 자체를 그리워했다. 그러고는 누군가에게 하지 못한 말들을 시로 표현하기도 했다. 간절했다. 그러나 그건 내게 그 어떤 흥밋거리도 될 수 없었다. 간절하게 삶을 희망하는 이가 절실하게 끝을 희망하는 나를 설득할 수 있을까? 아니, 답은 정해져 있다. 그건 그의 삶이지 나의 삶은 아니다. 같은 것이 있다면 우리는 때를 기다리

고 있다는 것뿐이다. 눈을 감을 마땅하고 적당한 때. 나는 기껏해봐야 조금 미룬 것에 불과하다. 세상과 나 사이에 선을 그었던 마지막 순간, 나의 끝을 새로운 삶의 연속으로 바꾸어놓은 이는 누구인가. 나는 그의 눈을 똑똑히 바라보며 말할 거다.

"당신은 무례한 사람이야."

일기 속 남자는 조금씩 다가오는 D-DAY를 향해 다가서고 있었다. 그러니까, 이 'D'라는 것의 의미는 'Death', 곧 죽음이 되는 셈이겠지. 내가 궁금한 것은 단 하나였다. 정말로 죽었을까? 그 순간 그냥 문득 '마지막이 너무 외롭진 않았으면.' 하고 생각한 스스로가 꼴사나워서 마른 입술을 살짝 깨물었다. 창밖 도로를 빼곡하게 채우고 있는 차들 속에는 어떤 사람들이, 무슨 생각을 하며, 어디를 향하고 있을까. 거리가 젖어 들고 있다. 자동차 윈도우 브러시가 바쁘게 빗방울들을 밀어내며 시야를 밝힌다. 저렇게 열심히 바라보려 노력했다면 그 이면의 것들을 제대로 느낄 수 있었을까. 어쩌면 그건 나 혼자만의 노력으로는 너무 벅찬 일이었을지도.

냉장고 문을 열고 살얼음이 내려앉은 홍시 한 숟갈을 입속으로 떠 넘긴다. 목구멍을 타고 차가운 홍시가 부드럽게 텅 빈 속을 채워간다. 거울을 보니, 지금 내 모습 참 가였다.

간밤에 오늘은 전국에 첫눈이 내릴 거라고 했다. 어쩌면 '첫눈'을 맞는 일이 생애 마지막이 될지도 모른다는 생각이 들었다. 새벽같이 일어나 창밖을 하염없이 바라봤다. 혹시나 놓쳐버릴까 봐. 아주 잠깐 흩날리는 눈발을 녹아가는 동안 곁에서 바라봐주지 못할까 봐. 겨울이면 늘 꺼내 입는, 좋아하는 내복을 입고서 조금은 들뜬 마음으로 눈을 기다렸다. 그러면서도 고민스러웠던 건 내려오는 눈에게 할 수 있는 최선의 태도는 무엇인가 하는 생각 때문이었다. 부둥켜안는 것은 그럴싸해 보이지만 나의 온기로 인해 눈이 금방 녹아버릴 게 뻔하다. 한참을 고민하다 눈이 그칠 때까지 바라봐주는 쪽을 택했다. 내려와서 자연스레 녹아 다시 하늘로 올라가는 과정을 지긋이 바라봐주는 눈빛이 되기로 했다.

 문득 이런 고민을 조금만 더 일찍 했더라면 하는 생각이 들었
다. 지금까지 나는 사랑이란 이름으로, 사랑한다는 이유로, 얼마
나 많은 이들을 성급하게 안아왔던 걸까. 그 사람의 외로움이 무
엇인지도 모르고 그의 아픔이 어떠한 것인지 생각해볼 겨를도 없
이 그저, 그래야 한다는 이유로 그러고 싶다는 나의 욕심으로 상
대의 마음을 지레 부둥켜안았다. 그것으로 나의 책임은 끝이 났
다는 듯이, 그것으로 나의 역할은 충분하다는 듯이 경솔한 마음
을 품고 살아왔다. 정말로 진심이 아니었다면 굳이 딱 잘라 괜찮
을 거란 말은 하지 말걸. 굳이 내가 답을 내어줄 필요는 없었는
데. 그저 아프면 아픈 대로 외로우면 외로운 대로 그의 마음을 조
용히 들어주면서 끄덕끄덕 나는 여기에 잘 있다고, 내가 당신에
게 답이 되어줄 수는 없지만 여백이 되어줄 수는 있다고, 그러니
너무 성급하게 답을 내려 하지 말고 우리 차분히, 조금씩, 천천
히, 한 걸음씩 해결해 나가자고, 일단은 여기에 기대어 쉬어도 좋
다고, 결론이 아닌 약간의 무르익을 공간과 시간이 되어주었다면
좋았을 텐데. 그래도 다행스러운 것이 있다면 나는 지금 눈을 기
다리고 있고, 그 눈이 녹을 때까지 기다려줄 만큼의 시간은 허락
되었다는 것이다. 늦었지만 지금이라도 불행 속에서 다행스러운
일들을 찾아보려고 노력한다. 삶의 긍정적인 부분들을 찾아내려

고 시도해본다. 어쩌면 나는 '불행'하지 않은 것일 수도 있다. 그저 평소보다 많이 '불안'할 뿐이다. 나는 조금 더 적극적으로 나의 하루들 속에서 존재해보려 한다. 살아 있음을 누리기 위해서.

그건 그렇고, 눈은 어디쯤 왔을까.

반복에 반복

동경, 한 번쯤 그 사람이 되어
그의 외로움 속을 거닐고 싶다는 생각을 한다.
내가 사랑하는 이의 마음속엔
언제나 짙은 외로움이 편재한다.

조금은 신중하지 못했고
떠밀리듯 어수룩하게 말해야 했지만
우리의 시간이 그토록 빠르게 흘러갔던 이유는
아마도 그 마음만은 진심이었기에.

타인을 완벽히 이해하는 일은
결코 이루지 못할 사사로운 감정이었음을
우리는 사랑하며 깨닫고 이별을 통해 배웠음에도
반복에 반복, 그 마음에 도돌이표를 찍는다.

서로를 동경할 수 있는 시간 사이로 흘러가고 싶다.
내가 사랑하는 이의 마음속엔
언제나 짙은 외로움이 편재한다.
나는 사뭇 진심으로 그 사람을 바라보며
언젠가는 그 어둠마저 헤아려줄 깊은 밤하늘이 되고 싶은 것이다.

12월 5일, D-85
눈이라고 불리기엔 어딘가 불안한

결국 어제, 눈은 오지 않았다. 덕분에 하루 온종일 집 밖을 나설 수가 없었다. 어제 하루는 그저 온종일을 기다리는 시간에 쏟았다. 정말이지 긴 시간이었다. 가만히 창을 바라보면서 무언가를 기다리는 일이 그토록 힘든 일인 줄은 몰랐다. 배에서 꼬르륵 하는 소리가 들려오고 나서야 나는 대강 끼니를 해결할 수 있을 정도의 간단한 식사를 하고서 다시금 창가에 앉아 눈을 기다렸다. 그렇게 해가 저물 때쯤 되니, '벌써' 시간이 이렇게 됐나 하는 생각이 들었다. 날이 어두워지기 전까지만 해도 기다림의 시간이 그렇게나 지루하고 길게 느껴졌건만 저물어갈 때가 되니 이제는 지루함마저 아쉽게 느껴지는 것이 아닌가. 삶이라는 것은 이렇게나 어처구니가 없는 노릇이다. 내가 속한 시간과 환경에 따라 나의 마음가짐이 변한다. '삶의 진정한 아름다움, 그것은 깊게 흩어지는 저 노을처럼 저물어갈 때야 비로소 느낄 수 있는 것인지도 모르지.' 하고서 이른 새벽부터 시작된 나의 하루는 해가 미처 다 지기도 전에 먼저 꿈속으로 떨어져버렸다. 아차! 하고 눈을 뜨니 다음 날이 되어 있었다. 혹시나 하고서 창밖을 보니 언제부터였는지 눈발이 날리고 있었다. 나는 그렇게 인생의 마지막일지도 모르는 첫눈의 시작을 놓쳐버린 채 중간 즈음인지 끝 무렵인지 알 수 없는 눈발의 흩날림을 보면서 또 한 번의 후회를 했다.

이대로 지켜만 볼 수 없다는 생각이 들어 내복 위로 대충 옷가지들을 걸친 후 급하게 밖으로 나섰다. 그렇게 나는 아마도 마지막인 것이 거의 확실한 첫눈과 재회했다. 하얗게 야윈 손에 조금은 낯선 온도로 떨어지는 눈송이를 지긋이 바라보았다. 마주 보고 있다는 느낌이 들었다. 한겨울이었지만 어딘가 포근했다. 세상이 온통 조용했고 그것은 분명, 내가 기다리던 고요함이었다. 삶의 마지막이 이토록 수수한 독백이라면 얼마나 좋을까? 그 순간, 놓치지 않고 기다리길 정말로 잘한 일인 것 같다는 기분이 들었다.

언제부터 내렸는지 모를 눈은 그렇게 내가 충분한 독백 속에서

무르익어갈 때쯤 조금씩 불완전하게, 조금씩 정체성을 잃으며, 눈과 비가 혼재하는 듯한 표정으로 내려왔다. 마치 나를 위해 애썼다는 듯이, 무언가를 힘겹게 버티는 듯이, 그렇게 소리 없이 원망도 없이 녹아갔다. 이유를 알고 싶었다. 왜 우리는 이렇게 아름다운 생에서 눈처럼 한철, 짧게는 한순간 어딘가로 내려앉기 위해 이토록 애를 쓰는 것일까? 안아줄 수도 없는 노릇이다. 이내 녹아버릴 테니까.

노을

가끔은 노을이 되고 싶은 때가 있다.
저물어가는 것이 그토록 아름다울 수만 있다면야
내가 가지고 있는 많은 욕심들로부터
그 수많은 후회들로부터
조금은 자유로울 수 있을지도 모를 텐데

올라서는 것보다 내려놓는 것을 더 잘하는 사람이 되고 싶었다.
노을처럼 내일 다시 떠오를 수 있다는 듯이
겁먹지 않고 놓을 수 있으면 좋겠다.

일기장 속의 남자는 섬세했다. 감정을 글로 표현하는 방법에 능숙했다. 아무나 할 수 없는 일이다. 특히나 나에겐 더욱 그렇다. 복잡하게 뒤얽혀 있는 감정의 끈을 반듯하게 풀어 헤아리지 않으면 결코 그런 방식으로 일기를 쓸 수 없을 것이다. 무엇보다 그는 솔직하게 자신을 기록했다. 남아 있는 삶에 대하여, 누군가를 그리워하는 스스로에 대하여. 일기장을 한 장씩 넘길 때마다 나는 많은 것을 인정하지 않으려 노력해야만 했다. 살고자 하는 의미는 실로 죽으려는 의지만큼이나 강했다. 얼마 지나지 않아 알게 되었는데, 그는 글 쓰는 일을 직업으로 가졌던 사람이었다. 시를 쓰는 사람, 철없이 사랑을 좇았고 지독하게 이별에 아파했던 사람, 나이 차이도 많이 나지 않는 것 같은데 이미 삶에 대해서 너무 많이 알아버린 사람. 그가 세상을 바라보는 시

선은 따뜻했다. 나로서는 처음으로 느껴보는 낯선 남자의 포근함이었다. 나는 한참을 그의 일기장 속에 머물렀다. 그가 세상을 써내려간 서체를 따라 걸었다. 노을이 되고 싶다는 말 속에서 미처 막아볼 새도 없이 눈물을 떨궜다. 나는 겁이 났다. 이제 와서 덜컥, 살고 싶어질까 봐.

고요한 방 안에 훌쩍이는 내 음성이 울렸다. 왠지 막을 수가 없었다. 하필이면 그 순간 문 쪽에서 인기척을 느꼈다. 나는 이불을 덮어쓰고 눈물을 들키지 않으려, 지금 위로가 필요하단 사실을 들키지 않으려 안간힘을 쓰며 숨을 다독였다. 눈을 감고 있었지만 나는 이내 그 사람이 누군지 알 수 있었다.

"혜원아, 자니?"

'아니요. 저는 지금 울고 있어요, 엄마.'라고 말하고 싶었다.

"엄마가 미안해."

'아니요, 엄마. 엄마를 원망해본 적은 없어요. 그냥 보고 싶을 뿐이었어요.'라고 말하고 싶었다.

"어쩔 수 없었단다."

'안 돼요, 엄마. 그 말만은 하지 말았어야죠. 그런 무책임한 말은 하지 말았어야죠.'라고 소리 치고 싶었다.

"누가 뭐래도 엄마는 너를 사랑한단다. 누가 뭐래도 말이야."

'이제 그만, 더는 엄마의 입장을 강요하지 말아주세요. 결과를 한번 보라고요. 그 작은 딸을, 자전거를 잘 탄다며 인사를 잘한다며 덧셈을 잘한다며 머리를 쓰다듬어줬던 당신의 사랑스러운 딸을 그렇게 혼자 내버려두고 떠났다면, 적어도 어쩔 수 없었다는 말, 그래도 사랑한다는 말은 하지 말았어야죠.'라고 흐느껴 울고 싶었다.

결국엔 아무 말도 못 할 거면서 얼어붙은 내 마음에 나는 사정없이 돌을 던졌다. 금이 가고 주저앉고 태양 빛도 닿지 못할 만큼 깊은 어둠 속으로 나는 몸을 숨긴다. 일기장을 가슴팍에 끌어안으며 마음을 가린다. 이름 모를 시인에게 조용하게 기대 삶을 읊조린다.

"이렇게 엉망진창인 삶에도 희망이란 것이 있을까요? 버려지고 상처받고 흐느껴 우는 시간의 연속일 뿐인데, 더는 무엇이 나에게 삶의 이유일 수 있을까요? 저도 이유를 알고 싶어요. 살아야 하는 이유가 있다면, 정말이지 그런 것이 있다면 말이에요."

또 다시 아침이다. 다시 한 번 아침, 그리고 다시 혼자다. 간밤의 울음으로 인해 눈이 퉁퉁 부었다. 가볍게 세수를 하고 수건으로 물기를 닦는다. 거울 속의 내 모습이 참 초라하다. 다크서클이 꼭 지난밤 내 모습 같다. 어둡고 탁하다. 식사 시간이라 복도가 조금 소란스럽다. 아, 일기장. 누가 가져갈까 겁이 났는지 지난밤 정말이지 꼭 끌어안고 있던 기억이 떠오른다. 어찌보면 참 아이러니한 일이지. 지난밤에는 위로가 무엇인지 어렴풋이 알 것도 같았다. 온통 복잡한 퍼즐 같지만 애써 끼워 맞추기는 싫다. 아마 그것이 서연우가 내게 일기장을 남겨두고 간 이유일지도 모르니까.

다섯 살이었다. 그때부터 나는 줄곧 혼자였다. 작은 시골 성당

에서 "다음에 올게."라는 말만 믿고 엄마를 기다렸다. 처음 한 해
동안 나는 철없이 기다렸다. 그녀는 꼭 돌아온다고 굳게 믿었다.
그다음 서너 해 동안은 혹시나 그녀가 돌아오지 않을지도 모른
다고 생각했다. 무서웠지만 그래도 아직까지는 희망이 있다 믿었
고, 희미했지만 그것을 꺼뜨리지 않기 위해 노력했다. 십 년쯤 지

낳을까. 확실히 나는 버려졌다고 단정했다. 그럼에도 불구하고 혹시라도 그녀가 다시 나를 찾아왔을 때 그녀를 실망시키지 않기 위해서 나는 무엇이든 최선을 다했다. 중학교 내내 전교 1등을 했다. 딱히 공부가 좋아서였던 것은 아니다. 그저 사랑받기 위해서, 사랑받고 싶어서. 아니, 더는 버림받지 않기 위해서, 남겨지는 것이 무서워서 그렇게 안간힘을 썼던 것이다.

교복을 입고 등교하는 길은 기분이 좋았다. 어딘가에 속해 있다는 것은 내게 왠지 모를 안정감을 주었다. 무엇이든 열심히 했다. 또 다시 버림받을지 모른다는 두려움은 가장 큰 삶의 원동력이었다. 고등학교 때 같은 반 남자애 한 명이 엄마 아빠도 없는 애라며 나를 놀렸다. 그때 나는 전국에서 4퍼센트 안에 속하는 모의고사 성적표를 받았다. 몇몇은 나를 질투하기도 했다. 나는 정말이지 그 질투들이 고마웠다. 따뜻한 가족이 기다리는 집도 없는 나를, 아빠도 엄마도 훌쩍 떠나버리고 혼자가 된 나를 부러워해주다니. 외로움이 곧 나의 힘이었다. 그것만큼 내게 사려 깊은 존재는 없었다.

열여덟 살 때, 누군지 잘 기억나지 않는 아주머니가 찾아와 붉은 홍시 하나를 건네며 "혜원아, 엄마야." 하고 말했을 때 나는 이상하게 아무것도 느끼지 못했다. 그리고 그때 깨달았다. 아, 너무 외로워서 너무 가슴이 아파서 스스로 조금씩 조금씩 사랑을 도려내고 있었구나. 그리고 이제는 더 이상 내게 사랑이 한 방울도 남아 있지 않구나 하고. 13년 만에 엄마가 내게 눈을 맞추고 "엄마야."라고 말했을 때, 내게는 더 이상 엄마가 필요하지 않았다. 오직 외로움만이 내 삶의 원동력이었으니까.

12월 10일, D-80
넘칠 듯이 많은 비

　　며칠 사이 마음이 많이 야위었다. 음식을 잘 삼킬
수가 없고, 소화가 안 되어 새벽 내 화장실을 들락날락해야만 했
다. 가족이라곤 하나뿐인 남동생이 전부다. 동생은 내게 치료받
을 것을 권했지만 그럼 이렇게나 만족스러운 파마 머리를 잃을
것이 분명하다. 나는 늘 못난 형이었고, 그는 늘 의젓한 동생이었
다. 아마도 마지막까지 그럴 모양이다.

　한 달에 한 번, 10일은 서점에 들르는 날이다. 늘 가던 서점에
들렀다. 눈에 띄는 곳에는 온통 베스트셀러 도서들이 있다. 그 밖
의 구석에 놓여진 책들은 그럼 무엇이란 말인가. 그들은 일단 최
고는 아니라는 말인데, 그 기준은 무엇이란 말인가. 처음으로 문

단에 이름을 올리던 날, 나는 세상을 다 가진 기분이었다. 내게 허락된 여백에 내가 느낀 단어들을 채워 넣을 수 있었다. 누군가에겐 그 단어들이 그저 선택받지 못한 책 속 한 구절에 불과했겠지만, 나에게 그것은 삶이었다. 지금까지의 나를 이루고 있던 작은 세포였다. 여백 속에서 분열하고 진화하면서 그것은 조금씩 하나의 유기체로, 찬란한 생명체로서 살아 숨 쉬고 있었다.

안타깝게도 내 시집은 출간된 지 며칠이 지나지 않아 진열되어 있던 자리에서 밀려나 인적이 드문 서가에 꽂히게 되었다. 그때부터였다. 매달 10일, 나는 그를 만나러 갔다. 오늘도 여전히 그 자리에 있었다. 나는 익숙하게 인사를 건넸다. 잘 지냈냐고, 그간에 너를 찾아온 이가 있었냐고, 어디가 눅눅하거나 색이 바래지는 않았냐고 서로에게 안부를 물었다. 그러고는 어쩌면 앞으로는 너를 찾을 수 없을지도 모른다고, 약속을 지키지 못해 미안하다고, 책장을 넘기며 아끼는 문장에 걸터앉아 나지막이 또 다른 나에게 이별 통보를 했다.

집으로 돌아오는 길, 안타깝게도 퇴근 시간에 갇혔다. 지하철 안에서 한 손엔 우산을 들고서 다른 한 손으로는 힘겹게 균형을 유지하려는 몸부림이 이어졌다. '이제 이 지하철은 만원이야.'라는 생각이 든 찰나 사람들은 등판을 들이밀며 놀랍게도 새로운 공간을 만들어냈다. 덕분에 지하철 속 사람들의 표정은 일순간 일그러졌고, 다음 정거장까지는 그 누구도 감히 자세를 바꿀 수 없을 정도의 압박이 이어졌다. 그때였다. 삶이란 짓궂게도 늘 어쩔 수 없는 순간에 어떤 극적인 만남을 성사시켜 놓는다. 아, 왜 하필이면, 왜 지금일까 하는 때에 그렇게 바라고 바랐던 마주침이 이루어지는 것이다.

거기에 그녀가 있었다. 옴짝달싹할 수도 없는데, 눈을 마주치지 않기 위해선 눈을 감는 방법밖에는 없는데, 그녀가, 그 순간 똑같이 나를 보고 있었다. 눈이 마주쳤다. 세상이 멈추는 듯했고 이대로 시간이 멈췄으면 좋겠다고 생각했다. 다가설 수 없는 거리에서 우리는 그렇게 각자의 목적지까지 한참을 바라보고 있었다. 이따금씩 눈을 깜빡이는 시간도 아쉽다는 듯이 그 순간 단 일 초라도 더 그녀를 담고 싶었다.

나는 내려야 할 곳을 그냥 지나쳤다. 지하철을 갈아타고 서점을 방문한 뒤에 주로 들르는 카페에 가려고 했건만. 나는 행선지를 바꿨다. 당신을 위해서가 아니라 나를 위해서. 그녀가 목적지에 내리는 그 순간까지 한 걸음도 움직이지 않았다. 마포 역에 들어서자 안내 방송이 들렸다. 그녀의 동네였다. 나는 거기서 내렸다. 그녀도 그러리라 믿었기에 그랬다. 그런데 하필이면 지하철에 있던 사람들도 분주하게 문을 나섰다. 나는 그녀를 찾기 위해 애썼다. 인파 속에서 도저히 그 사람을 찾을 수가 없었지만, 분명히 그 사람이었다. 어쩌면 그녀는 곧장 집으로 향했거나 지하철에서 내리지 않았을지도 몰랐다.

그녀와 내가 영원할 거라 믿었던 언젠가 오늘처럼 비가 오던 날, 본래 서점에 들른 뒤 향하려고 했던 그 카페에 앉아 그녀를 기다리고 있었다. 여느 때처럼 십 분쯤 늦게야 창밖으로 그녀가 보였다. 비바람 속에서 바삐 걸음을 옮기고 있었다. 나는 창가에 다가서서 그녀의 머리 위로 손바닥을 펼쳐주었다. 바꿀 수 있는 것은 아무것도 없었지만, 그저 함께 걸어주는 이가 되고 싶을 뿐이었다. 주변 상황이야 어떻든, 내가 그것을 해결해줄 수 있든 없든 힘들면 힘든 대로 기쁘면 기쁜 대로 그녀와 함께 빗속을 걸어보고 싶었다. 잠시 후 빗속을 걷던 그 사람이 문을 열고 내게로 와 웃었다. 신발도 옷가지들도 다 젖었는데 너무나도 온화하게 나를 보고 웃었다. 나는 그녀를 꼭 안아주었다. 차가운 빗물이 내 품으로 스며들었지만, 나는 그럴수록 더 세게 그녀를 끌어안았다. 모든 고단함까지 다 포근히 안아주고 싶은 마음이었다. 그랬던 우리였다.

떠나는 지하철을 바라보며 차마 다음에 또 보자
하고 말할 수 없었다. 내게 다음이란 말만큼 불합리한 말도 없으
니까. 그저 바라볼 뿐이었다. 멀어지는 열차를 향해 입을 삐죽
내밀 뿐이었다.

"연수야."

등 뒤가 오싹했다. 멀리 떠나보낸 줄 알았는데 이렇게 가까이에
있을 줄이야. 그녀였다.

"어! 안녕."

"거 봐. 내가 파마한 머리가 훨씬 잘 어울릴 거라 그랬지?"

3년 만에 만난 우리가 나눈 첫 번째 대화는 어 안녕, 그리고 파

마가 잘 어울린다는 말, 마치 어제 만난 사이처럼 우리 사이에 공백이라곤 존재하지 않는다는 듯이 익숙했고 자연스러웠다. 그녀는 웃음을 터뜨렸다. 그래서 나도 웃었다. 그 순간 나는 진심으로 오늘이 마지막이라도 좋았다. 한 번만 우연히 그 사람을 마주치게 해달라고, 그렇게 긴 밤을 울며 보낸 날들이 그 시간부로 의미를 가지게 된 것이다.

"근데 너, 왜 이렇게 말랐어? 얼굴도 창백하고. 괜찮은 거야?"

"밥은?"

"묻는 말에 대답 안 하는 버릇도 여전하구나. 친구랑 먹었어. 괜찮으면 커피 마실까?"

"좋아."

지난밤, 여진이와 나는 차 한 잔을 사이에 두고서, 첫 만남처럼 시간이 가는 줄도 모르고 다시 한 번 서로를 알아가고 있었다. 이미 서로에 대해 너무 많은 것을 알고 있으면서. 많이 안다고 해도 우연히 마주치기까지, 우리는 같다면 같고 다르다면 참 많이 달라진 사람이 되었을 거다. 사람이란 늘, 조금씩 변해가는 법이니까. 어쩌면 '제발 당신만은 그때 그 순간의 너로 머물러 있어줘.' 같은 바람은 철없는 어리광에 지나지 않는지도 모른다. 인정하긴 싫어도 우린, 이제 나이가 조금 더 들어 보인다. 약간은 어른인 척 서로의 변화에 대해 끄덕끄덕 마음으로 받아들여야 하는 것이다. 나는 첫 번째 책을 쓰던 신인 작가에서 생을 며칠 남겨두고 어쩌면 마지막 책을 준비하는 작가가 되어 있었고, 그녀는 졸업을 앞둔 대학생에서 이제는 어엿한 직장인이 되어 있었다. 아니, 여진이는 기대했던 것보다 더 멋진 여자가 되어 있었다.

"요즘도 글 써? 나 아직 네 책 집에 있는데. 왜 다음 책은 안 나와? 기다리다 지친다, 지쳐."

"기다리지마. 쓰면 뭘 하나, 아무도 관심이 없는데."

기다렸다는 그녀의 한마디가 내 가슴에 고요한 진동을 남긴다. 따뜻하다. 조용한 호수에 내려앉은 꽃잎이 주변으로 파문을 그리고 있는 것 같은 기분이다.

"으이구. 진짜 아직도 멍청이네. 이 사람아, 남들의 시선이야 어떻든 거울에 비친 스스로를 자랑스럽게 바라봐줄 수 있다면, 그게 행복한 삶이라고 했던 게 아마 그쪽이었던 것 같은데. 솔직히 말해봐. 네 글, 네가 쓴 거 아니지? 어쩜 그렇게 글은 성숙한데 말은 참 바보같이 할 수가 있지?"

"그땐 그렇게 믿어보고 싶었을 뿐이야. 그건 그렇고 오늘 저녁은 마라탕이었니?"

여진이는 중국어를 전공했지만 불어를 좋아했다. 전공 이야기가 나오면 왜지 모르게 기운이 빠지던 그녀였지만, 유독 중국 음식 중에서도 마라탕만을 좋아했다. 비 오는 날이면 우리는 마라탕 가게로 가서 그 오묘한 맛을 즐기며 이게 삶이라는 엉뚱한 소리를 하기도 했었다. 시간이 흐를수록 그 말은 참 와 닿았다.

맞다. 인생은 마라탕처럼 오묘한 맛이다.
뭔진 모르겠지만 맛은 있다.

"귀신이네… 그래, 마라탕에 소주 한잔 하고 왔다. 어쩔래?"
평범하고 익숙한 대화들이 오고 갔다. 그렇지만 무엇이 우리를 이토록 그리운 사람으로 만들었는지, 우리는 왜 3년이란 시간 동안 지극히 타인으로 살다가 이렇게 우연히 마주쳐서 아무 일도 없었던 척 옛 추억을 떠올리는 말만 되풀이하는 것인지, 나와 그녀는 도통 이유를 알 수가 없었다. 이유를 알게 된다는 것은 지금까지의 나를 부정하는 것이 될지도 모른다는 걱정 때문이었을까. 우리는 어쩌면 그 답을 각자 찾아 나서기로 한 것이다. 창밖으로 비는 계속해서 쏟아졌고 시간은 비처럼 흘러갔다. 오랜만에 찾아온 촉촉한 기운이었다. 죽기 전에 첫눈을 맞이한 것도, 죽기 전에 그녀를 마주친 것도 내게는 행복이었다. 나는 충분히 행복한 사람이다.

지난밤 나는 오랜만에, 시를 한 편 썼다. 어쩌면 정말로, 어쩌면 이번 생을 마치기 전까지, 다시 한 번 이 글들을 엮어서 책을 내

볼 수도 있지 않을까 하고 가슴이 두근거렸다. 여진이는 그런 사람이었다. 지켜보고 있으면 무언가 글을 쓰게 만드는 힘이 있었다. 그녀는 사람을 끌어당기는 매력이 있고 밝고 명랑한 겉모습 뒤로 누구에게도 풀어놓지 못한 어떤 외로움을 품고 있는 사람이었다. 나는 그래서 그녀를 좋아했다. 그녀의 보조개나 이국적인 외모 같은 것도 물론 아름다웠지만 알게 모르게 그 이름 모를 외로움을 서로 공유하고 있다는 기분, 그 사람도 나와 같이 어딘가 어두운 면을 가지고 있다는 안도감이랄까.

헤아려주고 싶었다. 그 사람만은, 꼭.

차 한 잔을 사이에 두고서

꽃이 내린 물을 담는다. 아름다움이 스민 한 모금
모든 것에는 저마다의 뜻이 있듯
마주 앉은 우리 또한 그러하듯
차 한 잔을 사이에 두고서 간질간질 무음의 소란함과 함께
그간의 사연들을 풀어놓는 우리 사이에는
꽃들의 생이 스민 차 한 잔이 놓여 있다.

창을 두드리는 빗소리, 난로 위에서 보글보글 끓어가는 주전자
적막을 다독이며 서로에게 차츰 솔직해져 가던 밤
그때는 그랬고 지금은 그렇고 앞으로는 그럴 이야기들

그대와 나 사이에 놓인 조그마한 찻잔 위로 마냥 수줍은
겨울의 빗소리가 지더라.
찬 바람에 빨갛게 물든 당신의 볼이 내게는 먼 훗날에 그리워질
찬란한 청춘의 노을 같았네

마주 앉은 이 순간이
언젠가 참 많이도 그리울 것 같은 기분이 들었네
차 한 잔을 사이에 두고서

손목에 짙게 내려앉은 선이 조금씩 흐릿해져 간
다. 며칠 사이에 갑작스런 추위가 찾아왔다. 덕분에 온풍기는 하
루 종일 부지런히 일정한 따뜻함과 약간의 소음을 만들어낸다.
건조하다. 병실은 물론 오늘의 내 삶 또한 그렇다. 방 안에서 조
용히 자기 할 일을 하고 있는 가습기 한 대로는 이런 나의 목마름
을 채우기에 역부족이다. 문제는 추위가 아니다. 내가 태어나기
전에도 겨울은 언제나 추웠다. 그리고 앞으로도 그럴 거다. 두려
운 것은 추위, 그 자체가 아니라 우리가 점차 그것을 견딜 수 없
을 정도로 나약해져 간다는 것이겠지.

　어쩌면 현실은 균형을 잃었다. 사람들은 기후의 변화와 환경의
제약 같은 것엔 신경을 쓸 겨를도 없으면서 자기 피부에 솟아난
여드름 하나에는 지나치게 과민한 반응을 보인다. 그렇게 점차

약해져 가는 스스로를 눈치채지도 못하고 결국 감기로 끝날 추위에 폐렴을 앓고 마는 것이다. 사람들은 온실 속의 화초가 되고 싶어 한다. 사실 그것은 개개인의 탓이라기보다는 예견된 결말일 수도 있다. 삶이라는 것은 필연적으로 이기적일 수밖에 없다. 살아남아야 하기 때문이다. 이타심이 이기심을 이긴다고 배웠으나, 경험을 통해 그것은 철수나 영희 같은 교과서 속의 인물에게나 가능한 일임을 깨닫는다. 어쩌면 자연스러운 일이다. 한 생명이 이 땅에 번성하고 그것이 완전히 몰락하는 과정은 지구의 역사에 이미 수없이 많이 존재했다. 사람들도 그 사실에 대해 잘 알고 있다. 하지만 우리가 놓치고 있는 것이 있다면, 이번엔 우리의 차례라는 것이다.

사람이란 생명 역시 멸종의 과정을 겪으며 어느 역사책에 한때 존재했던 생물 정도로 남겨질지 모른다. 인간이 끝내 멸종한다면 그것은 지구온난화나 질병의 출현 때문이 아니라, 더는 사랑할 이유를 찾지 못해서일 거다.

그것이 자연의 법칙이다. 인간에게 사랑이 왜 본능이겠는가. 생존에 필수적이기 때문이다. 살아남기 위해 인간은 사랑하는 것이다. 그것이 모든 사랑이 이기적일 수밖에 없는 이유다. 지금까지 나는 순수한 사랑 따위는 없다는 사실을 깨달았다. 그럼에도 사랑이야말로 생명이 가질 수 있는 가장 강인한 생명력인 것은 분명하다. 그래서 사람은 사랑을 하는 것일 터. 강해지기 위해서.

사랑이 없는 세계에선 약육강식이 생존의 제1법칙일 테니까. 약육강식이란 말이 짐승들에게만 해당된다고 믿는 이들도 있겠지만 글쎄, 그들도 사랑을 느낀다고 생각되는 때가 가끔은 있다. 그래서 더더욱 요즘엔 잘 구분하지 못하겠다. 누가 짐승이고 누가 사람인지.

　나는 오후 2시마다 심리 상담을 받아야만 했다. 차트를 들고 나타난 의사는 별 쓸데없는 걸 물으며 내 정신 상태를 체크했다. 그러면서 연신 마음에도 없는 미소를 지으며 고개를 끄덕거렸다. 아마 그는 치료를 통해 내 삶을 바른길로 안내할 수 있다는 강한 자신감에 사로잡힌 듯했다. 그는 내게 언제 울었냐고 물었고, 나는 눈물 같은 건 흘리지 않는다고 답했다. 그는 내게 언제 우울함을 느끼는지 물었고, 나는 그것이야말로 나를 가장 행복하게 하는 감정이라고 답했다. 그렇게 몇 번의 반복적인 질문이 이어지고 의사는 내 기록에 "심한 우울증으로 인해 심리 치료 상담을 비롯한 조속한 약물 치료의 병행이 요구됨."이라는 말을 적었다. 그는 나의 감정을 일종의 치료해야 할 병으로 보고 있는 셈이다. 나의 이 마음을. 처방전이 틀렸다. 내게 필요한 처방은 자낙스나 알프람 같은 항우울제가 아니라 죽음, 자유다.

　할 일이 끝났다는 듯 자리에서 일어나려는 의사에게 이번엔 내가 물었다.

"혹시, 죽음에 대해 생각해본 적이 있나요?"

"아, 누구나 죽음에 대해 생각합니다. 나쁜 것이 아니죠."

"네, 저는 그것이 나쁘다고 한 적이 없는데요. 굳이 그렇게 말씀하시는 걸 보니 확실히 죽음에 대해 부정적으로 생각하시는 모양이네요."

의사는 당황한 듯 잠시 망설이다 이내 다시 입을 열었다.

"꼭 그렇게 생각하는 것은 아닙니다. 모두에게 존경받는 죽음도 있어요. 안타까운 일이지만 가끔 화재를 진압하던 소방관분들의 순직 소식을 들으면 사람들은 마음속으로 연민과 존경심을 느낍니다."

"그래요? 소방관 이야기가 나와서 말인데요, 혹시 오늘 아침 신문 보셨나요? 2015년 한 해 동안 순직한 소방관은 33명, 반면에 같은 해 스스로 목숨을 끊은 소방관은 35명이라고 나와 있더군요. 왜 그분들은 불보다 먼저 그들의 삶을 꺼뜨려야만 했나요? 무엇이 그들을 희망의 불씨 하나 없는 어둠으로 몰아넣었을까요? 그리고 어젯밤, 한 명의 소방관이 또 스스로 목숨을 끊었다고 해요. '힘들다. 이번이 세 번째 시도다. 이번엔 성공할 수 있을까.'라는 말을 유언으로 남겨둔 채 말이에요. 죽음이라는 것으로 굳이 존경받아야 할 이유가 있을까요? 저는 잘 모르겠어요. 무엇이 우리를 죽음으로 내몰고 있는 건지. 죽음은 선택이 아니라 필연이에요. 선택의 권한은 본인에게 없는 것이죠. 살아 있는 누구나 죽음을 맞이하니까요. 그래도 방법에 관한 고민은 어느 정도 해볼 수 있잖아요? 스스로에게 가장 아름다운 죽음을 말이에요. 오늘 신문에서 본 저들의 죽음은 그냥 슬퍼 보였어요. 어쩔 수 없이 선택한 죽음은 너무나 가슴 아프지 않나요? 죽음을 택하는 대부분의 사람들은 하나같이 느껴요. 죽는 것보다 살아남는 것이 더 힘겨워서 어쩔 수 없이 죽는다고 말이에요. 그렇지만 저는 달라요. 제게 죽음은 지금 할 수 있는 최선의 행복이에요. 저는 어쩔 수 없어서가 아니라, 그것을 꼭 이루고 싶은 거예요. 제 손으로."

의사는 어안이 벙벙한 표정으로 끝내 더는 아무런 대답도 잇지 못한 채 병실을 나섰다. 무엇이 사람들을 죽음으로 이끌고 있는 것일까. 스스로 삶의 마지막을 선택하는 행위가 옳은 일인지, 그릇된 일인지 누구도 쉽게 말할 수 없다. 아무도 타인이 되어볼 수 없기 때문에 함부로 타인의 삶을 평가할 수 없는 것이다.

상담을 받은 다음 날부터, 식사 시간마다 밥과 함께 파란 알약 하나가 놓여졌다. 그것을 보고 나는 내 현실이 마치 영화 같다고 생각했다. 실제로 〈매트릭스〉란 영화에서 주인공은 파란 약과 빨간 약을 사이에 두고 고민에 잠긴다. 파란 약을 먹으면 지극히 보통의 삶을 살 수 있다. 반면에 빨간 약을 먹으면 사회의 부조리함, 그동안 미처 보지 못했던 숨겨진 진실들을 깨닫게 되고 더 이상 현실에 머물지 못하게 된다. 결국 영화 속에서 주인공은 빨간 약을 선택했지만, 공교롭게도 내 삶에선 선택의 기회조차 허락되지 못하고 있는 거다. 그저 이 파란 약을 먹고 의심하지 말고 고민하지 않은 채 그렇게 그냥저냥 운명이 정해준 마지막 순간까지 버텨보라는 거겠지. 창을 통해 내려다본 거리의 풍경은 늘 똑같다. 똑같은 차림새의 사람들이 군무라도 하듯이 분주한 풍경을 연출하고 있다. 과연 삶이라는 영화의 주인공은 누구일까? 이것이야말로 메소드 연기다. 삶이 영화라면 배우는 상을 받아야 하고, 연출은 벌을 받아야 마땅하다. 비록 나는 실패했지만 스스로 빨간 약을 택한 것과 다름없다. 선을 긋는 행위, 그것이 내게는 진실을 추구하는 유일한 길이었다.

약을 가져온 어린 간호사의 눈빛이 내 목젖을 향하고 있다. 나는 파란 약을 혀 밑에 숨겨놓은 채 목구멍으로 물을 삼켰다. 그녀는 안도했고 나는 불안했다. 언제까지 약을 숨길 수 있을까. 빨리, 이곳을 떠나야 할 것 같다.

병원 옥상에 앉아 담배에 불을 붙인다. 딱히 담배
가 좋아서 피우는 건 아니다. 그냥 익숙해서 그렇다. 꽤나 오랫동
안 함께했다. 힘껏 들이마셨다가 빈 바람에 실어 보낸다. 약간 기
분이 나아지는 것 같기도 하다. 언제쯤 이곳에서 나갈 수 있을까.
하염없이 한숨만 뱉기엔 허전해서 사람들이 담배를 끊을 수 없
는 것인지도 모르지. 병원 어딜 가나 공익광고가 붙어 있다. 광고
는 담배를 주문하는 장면을 "폐암 주세요."라고 묘사했다. 그럼
사람들은 폐암을 돈 주고 산 꼴이란 말인가. 정말로 그것이 암이
라면 팔지 말아야 하는 것 아닌가 하는 생각도 든다. 한 전문가가
TV에서 말하는 걸 본 적이 있다. 담배와 폐암에 필연적인 인과관
계란 없다고. 또 그 반대 입장의 전문가는 이렇게 말했다. 정확한
증명은 어렵지만 통계학적으로 어떤 연관성이 보이긴 한다고. 둘

중 누구의 말이 옳든 '공익'광고에선 담배를 폐암으로 단정 짓고 있다. 그럼 왜 알면서 팔고 있는가. 그것이 폐암이라고 굳게 믿는다면 왜 누구나 손쉽게 담배를 살 수 있도록 규정해놓았을까. 사회는 모순이다. 조금씩 죽음을 쌓아 올릴 순 있지만, 한번에 그 찬란한 결말로 다가서진 못하도록 막고 있는 셈이다. 그 와중에 분명한 것이 하나 있다면 내 속을 직접 들락날락했던 것은 뿌연 담배 연기가 유일하다는 것이다. 아무도 내 마음을 몰라줄 때, 그 공허한 빈자리를 채워주었던 것은 이토록 희미한 한 줌의 연기가 전부였던 것이다.

모든 게 논리적이지 못하다. 비이성적이다. 언제부턴가 나는 세상의 잘못된 면을 찾으려 노력하고 있다. 이런저런 생각들이 두서없이 머릿속으로 마구 과속을 하고 있는 기분이다. 신호 같은 것도 없이, 언제 멈춰야 할지도 모른 채 무작정 내달리고만 있다. 두렵다. 그때 예고도 없는 한마디가 나를 덜컥 세운다.

"저기, 커피 한잔 하실까요?"

서연우였다. 나는 짧고 명료하게 말했다.

"아뇨."

그러고는 시선을 다른 쪽으로 돌렸다.

"일기장은요?"

"그는 누구죠?"

"글쎄요. 그는 어쩌면 당신과 반대의 시선으로 세상을 바라보는 사람이에요."

"그럼 그날 밤, 나를 살린 사람은 누구죠?"

"그건, 말해드릴 수 없습니다."

나는 입술을 살짝 깨물었다.

"왜 하필 나를 택했죠? 지금 세상은 죽음을 갈망하는 사람들로 가득해요. 왜 하필 나죠?"

"일기장 속의 남자도 죽음 앞에서 왜 하필 자신이냐고 말했었는데. 당신과는 조금 다른 느낌이네요. 제가 선택한 게 아닙니다. 오히려 제가 선택을 받은 꼴인지도 모르죠."

도통 말이 통하지 않는다. 지극히 생산적인 언어를 구사하는 나와는 달리 그의 말은 자세히 들여다봐야 어렴풋이 보일 듯 말 듯하다. 꽉 쥐고 있던 두 손에 땀이 흥건하다. 몸이 부르르 떨린다. 추위 탓이 아니다. 누군지 꼭 찾고야 말겠다는 호기심과 집착 때문이다. 애써 모른 척하고 있지만 나는 분명히 그 답을 좇기 위해 몸부림치고 있다. 그건 답을 찾을 때까지 내가 살아 있어야 하는 이유와도 같으니까. 스스로 인정하기가 싫은 것일 뿐이다.

"제가 말씀드릴 수 있는 건 없어요. 스스로 찾아보길 바랍니다. 일기장 속 그는 누구이며, 그날 밤 당신을 살린 사람은 누구인지 말이에요. 아마 꼭 찾을 수 있을 거예요."

서연우의 말이 담배 연기에 뒤섞이며 깊숙이 내 안으로 파고든다. 이렇게 우물쭈물 계속해서 아침을 맞이하는 것도 인정하기

싫기는 마찬가지다.

"그래요. 직접 찾아보도록 하죠. 대신, 그 후엔 나를 방해하지 말아줬으면 해요. 부탁이에요."

딸깍, 서연우가 캔 커피 뚜껑을 열어 내게 건넨다.

"그렇게 해요, 그럼."

악몽을 꿨다. 무언가 내 목을 조르고 있었다. 흐릿했다. 나는 숨이 막혔고, 그날 밤 내 곁에 있던 당신을 물끄러미 떠올렸다. 조금씩 멀어질수록 나는 더 또렷이 바라봤다.

아, 여진아. 우리는 어쩌면 서로를 사랑하다 스스로를 사랑하는 법을 그만 깜빡해버리고 만 모양이야. 덕분에 그 마음만은 서로에게 남아서 이따금씩 메마른 가슴에, 사무치는 외로움에, 지독하게 지루한 일상에, 토닥토닥 다정한 떨림을 주던 우리였던 거야. 네 이름처럼 말이야. 가끔 무서운 꿈을 꿀 때면 곧잘 그날 일을 생각해. 그냥 편안한 후드티 한 장에 부스스한 머리로 시시콜콜한 농담을 건네며 너랑 함께 걸었던 밤 있잖아, 사실은 그때가 내가 살아온 날 중에서 가장 행복했던 시간이었던 거야. 맞아, 행복이란 그런 거였어. 의심할 까닭 없이 행복 속에는 불안과 기대, 시련과 성취라는 것이 늘 혼재하고 있었던 거야. 그때 우리에게 확실한 것은 아무것도 없었지만, 덕분에 우리는 그 수많은 가능성을 품으며 꿈을 꾸고 사랑을 할 수 있었던 거지.

여진아, 때로는 우리가 너무 먼 곳을 향하고 있다는 생각이 들어. 만약에 내가 그때까지 살아 있을 수 있다면, 이렇게 꿈속에서라도 너와 걸을 수 있다면, 나는 거창한 새해 소망이 아니라 과거에 우리가 서로에게 건넸던 물음을 다시 꺼내어보려고 해. 어떤 사람이 되고 싶어? 어떤 삶을 살고 싶어? 맞아, 우리는 그때와 마찬가지로 여전히 확실히 답을 할 수는 없지만 그 물음들 속에서 스스로의 의지를 가진 채 성장하고 있는 거야. 때로는 어른인 척, 서로에게 사뭇 진지한 위로가 되었다가 또 언젠가는 어린 시절 우리처럼 때 묻지 않은 순수함이 되어주기도 할 테지.

여진아, 보고 싶다는 말을 이렇게나 빙 돌려 하는 내가 우습기도 하지만, 너는 그런 나를 좋아하잖아. 내가 어딘가 강해 보이면서도 서툰, 너를 참 좋아하는 것처럼 말이야. 그리고 있잖아⋯.

옛날엔 완벽이란 걸 믿었다. 사랑과 일, 수많은 선택과 결정들

앞에서도 당당한, 단 하나의 후회도 미련도 없는 확신이라는 게 있다고 생각했다. 그럼에도 언제나 결핍이 있었고, 터무니없이 부족한 부분이 있기 마련이었다. 지금 생각해보면 정말로 완벽한 오해였다. 나는 그저 내 마음의 공허한 빈 공간을 채우기 위해 완벽이란 떼를 쓰고 있었던 것이다. 어리광에 불과했다. 조금 더 어린아이처럼 있고 싶지만 이젠 그럴 수 없다는 걸 누구보다 잘 알아서, 한숨 같은 찬 바람이 마음결을 타고 깊게 스며들기도 한다. 완벽이라는 벽 뒤에 숨어서 우리는 자신의 자존감을 잃어가고 있다. 어쩌면 세상에서 가장 외로운 것은 진심을 들키는 일인지도 모른다. 그보다 실감 나는 공포는 없을 거다. 두서없는 말들의 연속이지만 사실은 우리들 인생이 다 그렇게 복잡하게 얽히고설킨 구구절절한 한 권의 이야기라는 생각이 든다. 다시 돌아갈 수 있다면 나는 완벽이란 세계를 부수고, 서툴고 못내 아쉬운 삶을 택하겠다. 나의 부족을 채우기 위해 누군가를 사랑하지도 않았을 것이다. 인간이란 늘 마음에 빈자리가 있는 법이니까. 빈 공간이 존재해야만 사색이 있고 여유가 있다. 그러니, 불완전한 삶이야 말로 어쩌면 가장 완벽히 균형 잡힌 삶인지도 모르지. 누군가를 통해 완벽해진 내가 아니라 서로의 결핍, 그 자체를 사랑할 수 있다면 그게 바로 가장 완벽에 가까운 행복일 터.

눈을 떠보니 이불이며 침대며 할 것 없이 피가 흥건했다. 어지러웠고, 머릿속에서는 여전히 악몽이 끝나지 않은 듯했다. 나는 두 귀를 막고 최대한 조용히 울었다. 혹시라도 마저 해야 할 말을 기다리고 있을 그녀가 내 울음을 듣게 될까 봐. 태어나기 위해 몸을 웅크리고 어머니의 배를 두드리는 아이처럼 몸을 잔뜩 웅크린 채로, 아이러니하게 나는 조금씩 죽음에 가까이 다가가며 눈물을 흘렸다. 어쩌면 죽음이란 처음으로 돌아가는 것과 같으리라. 고통은 그렇게 마지막 순간을 향해 하루가 흘러갈 때마다 조금씩 나를 압박해온다. 어떨 땐 차라리 포기해버리고 싶다가도 곧이어 이미 나는 다 내려놓고 말았단 사실을 깨닫는다. 소나기를 맞는 들판 위의 이름 모를 나무처럼 속수무책으로 아픔에 젖고 슬픔에 흩날릴 뿐이다.

악몽 같은 통증이 지나가고 난 오후, 놀라울 만큼 고요하다. 적적함에 음악이라도 틀어볼 심산으로 휴대폰을 들여다보는 찰나, 참 오랜만에 그녀에게 메시지가 왔다. 순간 마음에 기쁨과 두려움이 공존했다. 떨린다. 여진이었다.

우리가 헤어질 때 그녀는 울고 불고 내게 매달리
며 가지 말아달라고 애원했다. 그런 그녀의 간절함 앞에서 나는
더 작아져 갔다. 가진 것은 없고, 무엇을 해야 할지 도통 답이 없
었던 시절의 나. 언제부턴가 그녀의 사랑이 내게는 책임감으로
느껴질 때가 있었다. 가난했던 시절의 나, 그럼에도 마음만은 풍
족했던 나의 하루들은 행복이 아니라 불행 중 다행의 연속이었
다. 사실은 우리의 문제가 아니라 나의 문제였던 것이다. 그녀가
내게 주는 믿음만큼 내가 그녀에게 무엇을 보여줘야 한다는 강
박. 사실 그녀가 원했던 것은 있는 그대로의 나였을 텐데. 나는
그것으로는 부족했던 거다. 사랑하는 사람에게 더 좋은 것을 해
주고 싶었고, 가슴에 품고 살아가는 이에게 더 아름다운 세상을

보여주고 싶었다. 다짐과 현실 사이에 존재하는 괴리감이 무겁게 나의 하루를 짓누르던 날의 연속이었다. 이런저런 글 쓰는 일들로 겨우 입에 풀칠을 하는 내게 사랑은 어쩌면 정말 현실과 동떨어진 청춘의 꿈이었을지도.

스물아홉의 새해가 밝았을 때, 나는 그녀에게 사랑의 종말을 고했다. 처음엔 어디서부터 어떻게 설명해야 할지 몰라서 마음에만 품어둘 뿐이었다. 그때 나는 겨우 한 달에 백여 만 원을 벌었고, 그중 반은 방세로, 거기에 각종 공과금과 전화 요금을 내고 나면, 통장에 남는 것은 가난에 대한 두려움뿐이었다. 그래도 특별한 날이면 꽃집에 들러 그날 가장 화창한 표정을 짓는 꽃을 사곤 했었다. 그해의 마지막 날, 새해 카운트다운을 앞두고 사람들이 서울 시청 앞 광장에 모여 있던 때에도 그랬다. 용케도 그 시각에 문을 열어놓고 종소리를 기다리는 어느 꽃집이 있었다. 나는 그녀 몰래 꽃을 사서 전해주고 싶었다. 그녀를 닮은 붉고 진한 천일홍 한 다발을 사려고 카드를 긁는 순간, 더딘 나의 행동 탓에 벌써 새해 종소리가 울려버렸다. 아차 싶어 급히 여진이에게 돌아가려는데, 나의 걸음을 붙잡는 것은 잔액 부족 메시지였다. 우리는 그렇게 스물아홉이 되던 해, 가까운 거리에서 종소리를 홀로 맞이했고 나는 그 길로 그녀에게 이별을 고했다.

마음의 짐처럼 가지고 살라는 말은 안 하는 게 맞았는데…. 그 말한 거 계속 마음에 얹힐 것 같아서, 아까 너무 다그쳐서 미안해. 네 말처럼 이대로는 서로가 너무 힘이 드니까 그 정도로는 해야 마음을 확실하게 정리할 수 있을 것 같아서 그랬어. 고마웠어. 아프지 말고 잘 지내. 항상 소년처럼 사랑스러운 모습으로 나이 들어가면 좋겠어. 답장은 안 해도 돼.

　3년 전 새해가 시작하는 날, 그녀가 내게 건넸던 마지막 문자다. 아직까지 내가 휴대폰을 바꾸지 못한 이유이기도 하다. 그렇게 무례한 태도로 마지막을 고했던 내게, 그녀는 평생 마음의 짐을 안고 살아가라고 말했다. 그러나 몇 시간이 지나지 않아 그녀는 그 말을 뒤집었다. 마지막까지 그녀가 원했던 건 그저 있는 모습 그대로의 나를 잃지 않는 것. 고맙다는 말 한마디에서 나를 향한 여진이의 마음이 진정 순수하고 아름다웠음을 깨달았다. 헤어지는 마지막 순간까지 그녀는 내가 평생을 그리워하며 모든 것을 바칠 만큼 사랑스러운 사람이었다. 그렇기에 나는 그녀를 감히 가질 수 없었다. 세상에 존재하는 동안 가장 아름다운 순간의 우리로, 서로에게 그런 그리움으로 기억되고 싶었던 것이다. 빈털터리 현실이 우리의 진심을 갉아먹기 전에 나는 겁을 먹고 도망칠 수밖에 없었다.

연수야, 가끔 우리가 함께 꿈꿨던 그 수많은 밤들이 기억날 때가 있어. 글쎄, 처음엔 도무지 네가 한 말들이 이해되지 않는 거야. 사랑한다면서 나를 그렇게나 아껴주고 싶다면서 왜 나를 떠나야만 하는 거냐고, 내 방 안 곳곳에 남아 있는 네 흔적들을 보며 많이 원망하고 울고 그리워하기도 했어. 그러다가 나는 문득 깨달아버린 거야. 너라는 사람이 얼마나 순수하고 섬세한 사람이었는지.

아마 너는 두려웠던 거겠지? 이 완벽한 아름다움이 현실 속에서 어떤 모습으로 변해가게 될지 아무도 모를 일일 테니까 말이야. 그건 어떻게 보면 참 비겁한 일이기도 하지만, 네가 한 선택이니까 나는 그대로 믿어보기로 한 거야. 내가 사랑했던 사람이었으니까. 그가 나를 위해 이별을 택했다면 지금 당장은 이해가 가지 않더라도 분명 그만한 나름의 이유가 있을 거라고, 그렇게 네 선택을 존중해주기로 했던 거야.

3년의 시간 동안, 내 삶이 조금씩 안정되어갈수록 네가 너무나 그리웠어. 혹시나 이 안정이 너와의 이별을 통해 얻어진 결과라면 너의 삶은 어떻게 되었는지, 글은 계속 쓰는지, 아직도 앞머리로 그 예쁜 이마를 가리고 다니는 건 아닌지. 맛있는 걸 먹을 때, 좋은 영화를 볼 때, 기분 좋은 음악을 들을 때 네 품이 너무나 그리웠어. 네 말투가, 나를 보던 그 눈빛들이 시간이 흐를수록 자꾸만 잘 떠오르지 않아서 두렵고 보고 싶었어.

아주 잠깐이었지만 예쁘게 말린 머릿결과 네 귀여운 이마를 볼 수 있어서, 여전한 너의 습관들로부터 충분한 위안을 느낄 수 있어서 감사하고 즐거웠어.

근데 연수야, 괜찮은 거야? 헤어지면서도 너를 언젠가는 다시 만날 거라고 믿었는데, 왠지 며칠 전엔 이제 더는 너를 만날 수 없을지도 모른다는 느낌을 받았어. 우리 사이에 이전엔 없던 어떤 벽 같은 게 존재하는 기분이랄까. 번호가 그대로인지는 모르겠어. 그냥 내가 많이 걱정하고 있다고, 우리가 만나지 않았던 그 공백의 시간 동안 너를 많이 그리워했다고 말해주고 싶었어. 꼭 다시 볼 수 있으면 좋겠다.

여진이는 늘 눈치가 빨랐다. 내 표현 하나에도 나의 감정 상태를 금방 알아차릴 정도로 그녀는 나에 대해 잘 알고 있었다. 우리 사이에 놓인 죽음이라는 벽 또한 어느 정도 느낄 수 있었을 거다. 병에 대해선 알아차릴 리 없지만 분명, 내가 그녀에게 더는 다가서지 못할 어떤 이유가 있음은 짐작했을 테지. 무슨 말을 해야 할지 모를 때면 아무 말도 없이 딴청을 피우다 활자로 내 마음을 전하곤 했는데. 나는 고백에 서툴렀다. 그래서 글이 좋았다. 직접 말 못 할 사연들을 단어가, 문장이 대신 그녀에게 속삭여주었다.

이것이 그의 진심이었다고. 글을 쓰는 중에 찾아오는 간헐적인 어지러움과 고통 속에서 더욱 선명하게 떠오르는 것은 그날 밤, 단 몇 초라도 나를 더 담고 싶어서 내게서 한순간도 눈을 떼지 못했던 여진이의 시선이었다. 그 눈을 마주 보지 못해 차마 잡아주지 못했던 그녀의 손을, 이 글이 대신 쓰다듬어줄 수 있으면 좋겠다. 그녀에게 답장을 보낸다, 그리움의 서체로.

언젠가의 너를 보내던 밤에
언젠가의 나도 아스라이 빛바랬다

스쳐갔던 바람만큼

아무리 애를 써도 잡을 수 없었던 사람만큼

작은 가능성에 온 마음을 걸어야 했던 간절함의 시간만큼

마주치지 않고 지나칠 수 있었다면 다행이었을까.

혹은 만날 수밖에 없었던 것일까.

너를 애타게 좋아하지 않았었다면

이토록 내가 미운 밤들도

푹신한 이불 속에서 단잠이 되곤 했을까.

왜 나는 그때 너를 좋아해서

왜 하필 너와 입을 맞춰서

네게 사랑한다 말했던 그 입술로

너를 잊어야 한다고 이제는 남이 되어야 한다고

먹먹한 새벽 공기에 이내 사라질 한숨을 섞어야만 했나.

한숨 섞인 공기 뿌옇게 흐려진다.

나를 이루고 있던 그 사람이라는 세계가 하얗게 흩어지듯이.

언젠가의 너를 보내던 밤에 언젠가의 나도 아스라이 빛바랬다.

깜깜한 새벽, 거리 위로 말문 막힌 눈이 하염없이 내리고 있다. 처음 내가 떠올렸던 죽음의 단상 또한 이토록 먹먹했다. 어느 날은 갑자기 세상이 끝도 없는 나락으로 내려앉는 것만 같은 기분에, 멀쩡한 거리를 걷다가 갑작스럽게 지반이 무너져 내릴 것 같은 공포로 인해 더는 한 발짝도 가야 할 길로 걸을 수 없었다. 그래서 대학 시절의 나는 늘, 커다란 가방을 메고 다녀야만 했다. 세상이 무너져 내리는 것을 막을 수 없다면 그 이후에라도 살아남기 위해서, 내가 할 수 있는 행위를 하기 위해서였다. 가방 속에는 맥가이버 칼과, 손전등, 상비약과 견과류 등이 들어 있었다. 가까운 편의점을 갈 때도 가방이 없으면 한 발짝도 걸을 수 없었다. 어쩌면 내가 두려워했던 것은 죽음 그 자체가 아니라 세상과의 완벽한 단절. 차라리 모두의 삶이 이토록 고독

했다면 그리 무서울 것도 없었을 텐데. 나는 고립이 두려웠다. 나 혼자 세상에서 위태롭게 살아가는 것이 몹시 힘겨웠다. 실은 누구도 인생에서 이러한 외로움으로부터 벗어날 수 없는데 말이다.

내가 그렇게 무거운 짐을 짊어지고 살아가야 했던 이유는 그보다 더 큰 마음의 짐을 안고 있었기 때문이다. 세상은 반드시 혼자서 살아가야 한다는 강박. 그러나 엄마에게 버려진 어린 시절의 내가 다시는 누군가에게 버려지지 않기 위해서 스스로를 꾸미고 자신을 감추며 그토록 바랐던 것은 누군가의 진심이었다. 나라는 사람을 불쌍하게 여기는 것이 아니라 '너는 그런 사람이구나.' 하고 인정해주는 사람이었다. 엄마가 다시 나를 찾아왔을 때, 나는 당혹스러웠지만 분명히 기뻤다. 행복에 겨워 눈물을 흘리면서 그 품에 안겨 "엄마! 너무 보고 싶었어요! 엄마, 어딜 갔다가 이제 오셨어요? 엄마, 저 학교에서 공부도 제일 잘하고 운동도 제일 잘해요. 뭐든 1등이에요! 엄마 제가 자랑스럽죠? 엄마, 엄마!" 하고 말하고 싶었다.

그러나 덜컥 두려웠던 건 무엇이든 한 번은 어렵지만 다음번은 더 쉬워진다는 것, 그러니까 내 앞의 엄마라는 사람이 나를 버리고 떠나갔던 그 시점으로부터 그녀는 혹시나 돌아온다 하여도 언제든지 다시금 떠날 수 있는 사람이라는 것. 그녀는 나를 버리고서 울고 불고 그 뒤를 쫓아가는 딸을 한 번 뒤돌아봐주지도 않은 사람이라는 것, 다리에 힘이 풀려 무릎이 깨지고 피를 흘리면서도 울면서 가지 말라고 소리쳤던 내게 단 한 통 편지조차, 수화기 너머 한 음절의 안부조차 없었던 나의 모든 외로움의 시작점이라는 것. 그래서 나는 철저히 그녀를 외면했다.

학교 앞에서 하교길에 아이들이 다 나를 쳐다봤다. 온몸으로 그 시선들이 닿는 것을 느낄 수 있었다. 한 손에는 홍시 한 봉지를 들고서 그녀는 눈물을 글썽였다. 결국 나는 그녀 품에 안기지 못하고 보육원으로 돌아왔다. 나는 큰 수녀님께 말했다.

"엄마라는 사람이 학교 앞에서 저를 찾아왔어요. 앞으로 저는 어떻게 해야 하죠? 그 사람이 내 모든 외로움의 시작인데, 그 끝 또한 그 사람이어야만 할까요? 저는 잘 모르겠어요."

당신이 단어였다면 나는 진하게 밑줄을 그어놓았을 텐데. 당신이 단어였다면 사전을 펼쳐 그 속마음을 읽어볼 수 있었을 텐데. 당신이 그냥 단어였다면 나는 망설임 없이 소리 내어 되뇌었을 텐데. 당신이 만약 단어였다면 내가 가장 좋아하는 문장 속에는 늘, 당신이 있었을 텐데. 결국 당신이란 한낱 단어가 아니라서 마음에 새겨놓은 당신을 차마 지울 수조차 없네. 헤아릴 수 없이 더듬더듬 실낱 같은 기억으로 그리워해볼 뿐인 당신.

엄마. 나의 모든 외로움은 그녀로부터 비롯되었다.

햇빛이 내린다. 점차 차오르던 빛이 창을 마주 보고 서 있는 내 몸을 덮는다. 태양 빛을 보면 비명을 지르며 고통에 휩싸이는 좀비처럼 마음이 타들어가는 듯한 두려움을 느낀다. 얼마나 많은 낮을 지나야 고독한 자유 속으로 흩어질 수 있을까. 조용히 이 모든 소음으로부터 벗어나고 싶다. 의지도 목표도 없이, 그 어떤 성취감도 느끼지 못하는 존재로 살아가면서 나는 조금씩 나의 삶을 좀먹고 있는 피할 수 없는 고통을 발견하고야 말았다. 그것은 다름아닌, 삶. 살아 있다는 것만으로 이미 우리는 충분히 아픈 존재들이다.

누구도 그 고통을 견디라고 강요할 수는 없다. 대신 겪어줄 것도 아니면서 버티라고, 견뎌내라고, 그러면 찬란한 행복이 찾아올 거라고, 그런 섣부른 위로를 건넨다. 아무 대책 없는 위안들,

이제는 지긋지긋하다. 복도를 한 바퀴 돌고 이내 병실로 돌아왔다. 심상치 않은 아침이다. 나를 쏘아보던 그 눈빛들, 분명 그들 사이에 어떤 알 수 없는 기류가 흐르고 있었다. 나는 방문에 귀를 대고 토끼처럼 주변의 소리들을 쓸어 담았다. 문 건너편의 공간, 나에 대한 소음들로 분주하다. 귀를 기울이고 얼마 지나지 않아 금세 알아차릴 수 있었다. 나는 이 생태계에 태어났을 때부터 어쩔 수 없이 약자라는 운명을 타고났다는 사실을. 인정하긴 싫지만 생존하는 방식에 있어서 나의 최선은 듣기 싫은 소음들에 귀를 기울이는 것이었다. 토끼처럼 위협으로부터 늘 부지런히 도망치지 않는다면 결코 이 사회에서 살아남을 수 없다. 그 사실이 강하게 내 가슴을 짓눌렀다.

"선생님, 글쎄 301호 환자, 피검사에서 약물 반응 음성 판정 나왔대요."

"아, 그 자살하려고 했던 여자?"

"네. 그래서 오늘 아침부터 약 먹는 거 확실히 확인하라고 지시 내려왔어요. 며칠 뒤에 그 여자 격리 병동으로 옮겨질 건가 봐요. 남은 기간 동안만이라도 확실히 관리하라고 얼마나 쏘아대던지…."

나는 지금도 충분히 자유롭지 못하다. 그들은 도대체 어떤 권리로 나를 격리 병동으로 옮긴다는 것인가. 나의 삶, 도무지 스스로의 의지로 할 수 있는 일이 있기나 한 것일까. 지금까지의 삶이 그러했던 것처럼, 지금 이 순간 또한 마찬가지다. 이곳은 마치 세상의 작은 축소판 같다. 나를 이해하지 못하는 사람들은 나에게서 어떤 문제를 찾기 위해 혈안이 되어 있다. 치료를 거부하자 그들은 나를 조금 더 격한 고립으로 몰아넣으려 한다. '나'라는 존재, 그저 평범한 인간으로 대우받을 수는 없을까. 남들보다 조금 더 외로운 삶을 겪었기에 조금 더 일찍 세상을 떠나고 싶을 뿐이다. 살아 있는 기간이 중요한 것은 아니니까. 어떤 마음가짐으로 삶을 살았는지가 중요한 것이니까 말이다.

오직 인간만이 생태계가 가진 균형을 무너뜨리며 살아간다. 그 가장 큰 원인은 '욕심'이라는 병. 이곳의 논리에 따르면 우리는 모두 치료받아야 할 환자임이 분명하다. 그렇다고 해도 나는 여기에 존재하는 하나의 부속품이 아니다. 스스로의 의지가 아닌 현실이란 체제에 맞물려 질질 끌려가는 삶, 그것이 인생이라면 나는 오롯이 나의 의지로 그것을 끝낼 작정이다.

가끔 내가 '잠수함 속 토끼' 같은 신세는 아닌가 하고 생각한다. 처음 잠수함을 발명했을 때 사람들은 경험의 부족과 기술의 한계로 인해 '수압'이라는 문제를 제대로 해결하지 못했다. 그 결과, 그들이 내린 결정은 애꿎은 토끼를 잠수함에 태우는 것. 인간보다 수압에 민감한 토끼는 위험을 감지하는 역할을 담당했다. 불합리한 죽음으로 더 이상 바다 밑으로 내려갈 수 없다는 신호가 되었던 것이다. 더 큰 귀는 그렇게 타인에 의해 이용되며 그들을 죽음으로 몰아넣었다. 그것이 토끼의 탓일까? 세상의 모든 생명체는 본능적으로 살아남기 위한 저마다의 방법을 터득한다. 토끼에게는 그것이 크고 긴 귀였지만, 인간에게 그것은 잔혹하고 조용한 욕심이었을 것이다.

며칠 전 우연히 텔레비전 뉴스에서 소란스럽게 토끼의 근황에 대해 떠들어대는 것을 들었다. 일본에서 귀 없는 토끼가 등장했다는 것이다. 사람들은 방사능 오염으로 인한 돌연변이라고 손가락질했지만 실은, 토끼는 더 이상 듣고 싶지 않았던 것인지도 모른다. 스스로 생명에 대한 의지를 잃고 살아남기 위한 최선을 포기한 것인지도 모른다. 이 지독한 세상의 소음으로부터 벗어나기 위해서 말이다.

시간이 얼마 남지 않았다는 사실을 느낄 수 있었다. 식사 후 약 먹을 시간이 되자, 그들은 더욱 세심하게 나를 주시했다. 나는 알약을 삼켜 "아-." 하고 확실히 내가 그것을 삼켰다는 사실을 보여주고는 그들이 떠난 뒤 얼른 화장실로 달려가 먹었던 것들을 모조리 토해냈다. 비릿한 눈물이 차올랐다. 그 순간 가장 수치스러웠던 것은 배가 고프다는 것. 살아야 한다는 본능과 소중한 죽음을 마주하고 싶다는 이성이 뒤엉키는 순간, 나는 이 차가운 병실과 고독한 삶으로부터 마땅히 떠나야 한다는 결론을 얻었다.

12월 25일, D-65
고작 떡볶이를 먹기 위한 행동

결국 여진이의 전화를 받지 못했다. 겁이 났다. 그녀가 나를 다시 좋아할까 봐. 아니, 그녀는 나와 사랑에 빠졌던 그날부터 한순간도 나를 사랑하지 않은 적이 없었다. 그러니 더욱 다가설 수 없는 노릇이다. 내가 참 아끼는 그녀가, 너무도 아플 테니까. 내가 죽고 난 후에도 언제까지나 나를 기억하려 할 테니까. 달력을 빼곡하게 채워가는 'X' 표시를 보니 괜스레 심술이 났다. 오늘부터 하루가 지나갈 때마다 동그라미를 쳐주기로 마음먹었다. 나의 시간이 틀리지 않고 올바른 길을 향하고 있다고, 잘하고 있다고 다독여주고 싶어서다.

심란한 마음을 위로하고자 약속도 없이 꽃단장을 시도했다. 볼

이 쪽 파였지만 역시나 파마가 썩 잘 어울렸다. 여진이가 늘 괜찮을 거라 말했는데, 나는 무엇이 그토록 겁났던 것일까? 최근 몇 년간의 선택 중 가장 뿌듯한 결과를 얻었다. 구불구불 마음에 꼭 드는 파마머리를 하고서 집을 나섰다. 거리에는 비가 한창 쏟아지고 있었다. 어쩌면 비가 와서 오늘 머리가 잘 말렸던 모양인지도. 우산을 챙기고 휴대폰 전원을 껐다. 오늘 하루는 복잡하고 어지러운 감정의 스위치도 꺼두고 싶은 탓이었다. 사람의 마음도 휴대폰처럼 켰다 껐다가 손쉬우면 참 좋으련만. 인간이란 서로 간의 감정에 걸터앉은 존재들이라, 내 마음조차 온전히 나만의 소유물은 아닌 듯하다.

투명한 우산을 펼치자 향긋한 빗소리가 쏟아졌다. 비 오는 크리스마스. 나는 늘 그리워하던 그 떡볶이를 먹으러 가기로 했다. 여진이가 다녔던 대학교 근처의 작은 떡볶이집. 여진이는 가끔 그 집에 들러 떡볶이와 튀김을 샀다. 처음 내가 맛을 보고 어딘지 물었더니 한참을 망설이던 그녀였다.

"아니, 사달라고 하는 것도 아니고 어딘지 물어보는 거잖아!"

"글쎄, 그런 간단한 문제가 아니라니까!"

"그러니까 내 말은, 고작 떡볶이 앞에서 무슨 그런 고민에 빠져 있냐는 거지."

"거 봐. 그런 태도부터가 나를 망설이게 하는 거야. 내게 이 떡볶이는 고작이 아니라고, 멍충아."

밀 떡볶이 특유의 부드러움과 그 집만의 독특한 튀김 속은 한 입만으로도 사람들을 단골로 만들기에 충분했다. 그때 나는 그녀가 내게 그 장소를 가르쳐주지 않는 이유에 대해 도무지 이해가 가지 않았다.

"다시 한 번 말하지만, 이건 고작 떡볶이 따위가 아냐. 그냥 친구 같아. 스트레스를 받았을 때나 혼자서 너무 심심하고 외로울 때면, 나는 별다른 생각도 없는데 이미 몸이 그곳을 향하고 있어. 사람들에겐 감정 상태에 따라 떠오르는 나름의 친구들이 있기 마련이잖아. 그중에서도 이 아이는 내게 특별한 존재인 거야. 나는 허전할 때 이 집을 찾는 버릇이 있어. 떡볶이와 튀김으로 든든하게 속을 채우고 나면 그 텅 빈 느낌이 조금 채워지는 것 같은 기분이 들어. 그래서 다른 사람에게 쉽게 말하긴 두렵기도 한 거야. 누군가에게는 고작 떡볶이 하나일 수 있지만, 내게는 무엇으로도 채울 수 없는 허전함을 달래주는 따뜻한 기억이라고."

사람들은 잊고 산다. 자신에게 볼품없는 어떤 것이 누군가에겐 잊을 수 없는 추억일 수도 있으며, 결코 포기할 수 없는 간절함일 수도 있다는 사실을. 그녀가 "이건 고작 떡볶이 따위가 아냐."라고 말했을 때, 나는 입으로 가져가던 떡볶이를 마주 보며 잠시 멍하게 굳을 수밖에 없었다.

"지금도 나는 충분히 너에게 의지하고 있는데, 만약 네가 떠나버리면 이젠 이 떡볶이를 먹을 때조차 네가 생각나버릴 거 아냐. 그러니 약속해. 나를 떠나지 않는다고. 그럼 진지하게 고려 정도는 해볼 테니까."

나는 떠나지 않겠다고 약속했고, 그녀는 그 떡볶이집이 어딘지 내게 알려주었다. 우리는 자주 그곳에 갔고, 주인 아저씨는 우리가 갈 때마다 튀김을 하나씩 더 끼워주시곤 했다. 그러나 결국 나는 약속을 지키지 못했고, 그녀에게서 소중한 떡볶이를 빼앗아갈 수밖에 없었다. 나는 지난 몇 년간 그 맛을 차마 찾지 못했다. 아마 그녀 또한 그랬을 거다. 그 장소는 이미 혼자가 아닌 '우리'라

는 두 사람의 허전함을 채워주는 소중한 친구였으니까.

　그곳에 다녀왔다. 차마 다시는 경험하지 못하리라고 단념할 수
밖에 없었던 그 맛을 느끼기 위하여, 공허한 나의 빈 곳을 채우기
위하여. 그때와는 다르게 둘이 아닌 혼자서, 생머리가 아닌 파마
머리를 하고서. 그리고 그곳에 여진이가 있었다. 우리가 있어야
할 곳에는 혼자가 아닌 우리 두 사람이 다시 공존하고 있었다. 떡
볶이를 먹고 있는 그녀를 바라보며 나는 꺼두었던 마음의 불씨를
다시 활짝 켰다. 우연이라는 의미 없는 실마리들이 모여 인연이
라는 매듭이 되어버린 걸까. 분명한 것은 '우리'라는 말 속에 그
사람과 내가 있다는 것.

문득, 내가 있어야 할 곳에 네가 있을 때

문득 내 이름을 적어야 할 곳에
당신의 이름을 적을 때가 있다.

실수로 넘기기엔 너무 선명한 탓에
두 줄 그어 지우지 못하고
진하게 밑줄을 그어놓았다.
보고 싶다는 말 대신
마음속에 곱게 담아둘 뿐인 당신

아직도 당신은 여기에 있구나
한 번도 내게서 멀어진 적이 없었구나
어렴풋이 흐려지던 기억에 방점을 찍으며
여전히 우리가 이곳에 있음을 깨닫는다.
문득, 내가 있어야 할 곳에 네가 있을 때

눈이 마주쳤다. 동공이 마구 흔들렸고 바람이 불었다. 비가 그녀와 나의 경계를 나누고 있었지만 곧이어 경계는 사라질 수밖에 없었다. 그녀의 눈에서도 촉촉한 빗물이 쏟아졌다. 몸이 먼저 움직였다. 본능이었다. 그녀를 안아주고 싶었다. 눈물을 흘리고 있는 여진이 앞에 반쯤 젖어버린 꼴로 앉아서 가만히 그녀를 바라봐주었다. 참으로 그리운 모습이었다. 애타게 내가 찾아 헤매던 순간이었다. 그녀가 물었다.

"너한테 나는 뭐야?"
"한때 내가 사랑했던 사람."
"그럼 너한테 사랑이란 어떤 거였어?"

"글쎄, 구태여 마음을 졸여야만 했던 아슬아슬한 시간들."

잠시 세상이 멈춘 듯했다. 빗방울이 조금 느리게 내리는 듯했
고, 우리 이외의 것들이 천천히 시야에서 흐려지더니 이내 애초
에 우리만이 존재했었던 것처럼, 시간이 고스란히 우리의 것이었
던 것처럼 그 사람밖에 보이지 않았고, 그 사람의 숨소리에만 귀
기울일 수밖에 없었다. 나의 모든 신경이 그녀만을 향했다. 내 진
심을 들킬까 두려운 마음에서였거나, 그날의 우연을 끝으로 우리
의 인연이 정말로 끝나버릴지도 모른다는 생각 때문이었다. 조금
이라도 더 자세히 그녀를 기억하고 싶었다.

"3년 만이야. 그해의 첫날, 네가 떠나버린 날 이후로는 허전한
마음을 채우고 싶을 때 늘 찾던 이곳으로도 차마 올 수가 없었으
니까."

그녀가 울먹이며 말을 이어 나갔다. 모든 빗소리가 내게로 쏟아
지는 것 같았다. 찬찬히 젖어 들었다.

"네가 무슨 생각으로 여기에 왔는지 그동안 계속해서 여기에
왔었는지 나는 잘 몰라. 다만 내가 오늘 여기, 한때는 나만의 공
간이었지만 이내 우리의 공간이 되었고, 결국엔 그 누구의 자리
도 아니게 되어버린 곳에 온 까닭은 더는 뒷걸음칠 곳이 없었기

때문이야. 네가 너무 그리워서 이제는 현실이 아닌, 추억에라도 기대야만 했어. 그거 알아? 우리가 티격태격 장난치며 주문을 하면 주인 아저씨는 늘 튀김 하나를 더 끼워주셨잖아."

그러고 보니 3년 만에 찾았는데 인사도 제대로 못 했다. 그래도 명색이 단골이었는데. 이사를 갔다거나 이런저런 이유가 있었다고 핑계라도 늘어놓는 것이 예의는 아닐까 싶어 뒤를 돌아보니 언제나처럼 무뚝뚝하고 바쁘게 일을 하고 계셨다. 처음엔 오히려 손님인 내가 눈치를 봐야 했지만 이내 그것이 아저씨의 매력이란 사실을 알아차릴 수 있었다. 쉽게 표현하진 않지만 익숙해지면 느낄 수 있다. 정성 가득한 그 마음을.

"늘 시키던 대로 주문을 했어. 그랬더니 예상처럼 '오랜만.'이라는 한 마디 이외에는 별 말씀이 없더라. 떡볶이와 튀김이 나왔고, 혹시나 해서 튀김 개수를 세어봤는데, 다섯 개가 아니라 여섯 개인 거야. 오늘은 혼자 왔을 뿐인데 왜 여섯 개냐고 물었더니, 한번 단골은 영원히 단골이라고 하시더라. 그때 가슴이 찌릿하고 저려오는 거 있지. 맞아, 너를 사랑한 순간부터 너는 영원히 내 안에 머물고 있었던 거야. 차마 놓을 수는 없다는 듯이. 우리는 애틋하고 아련하게 헤어졌지만 그 사실이 너에 대한 나의 마음에 흠집을 내는 것은 아니야. 그래, 네가 내 첫사랑이야."

꽃잎이 진다고 해서 꽃의 인생이 끝나는 것은 아니다. 식물을 좋아하는 그녀에게 잘 보이려고 한창 식물과 관련된 책을 보던 때, 매화꽃에 대한 글을 본 기억이 난다. 매화는 잎사귀보다 꽃이 먼저 개화한다 했다. 그것은 단순히 매화의 독특한 성격 탓일 수도 있고, 어쩌면 살아남기 위한 그만의 최선일 수도 있다. 먼저 피어난 매화의 꽃은 당연히 다른 나무의 꽃보다 일찍 잎을 떨군다. 어쩔 수 없는 일이다. 영원히 그 모습 그대로 피어 있는 꽃은 없는 것처럼, 그녀와 나의 사랑도 일찍이 누구보다 아름답게 피었지만 어쩌면 제철이 다 지나가기도 전에 숱한 바람에 꽃잎을 다 떨궈버렸던 건지도 모른다. 그러나 매화꽃의 진정한 시작은 꽃잎을 다 떨군 그 순간부터다. 애써 피운 꽃을 흩날리며 매화는 다시 새로운 꽃을 피우기 위한 준비를 시작한다. 이른 봄에 꽃을 피워야 하는 탓에 매화는 1년 365일을 꼬박, 양분을 모으고 꽃을 피우기 위한 준비를 하며 애쓰는 것이다. 그때는 미처 몰랐다. 아니, 알았지만 그 뜻을 헤아리지 못했다. 꽃의 일생은 피어 있는 그 순간만이 아니라, 개화를 위해 양분을 모으는 일부터 꽃을 피워 곤충과 새들의 시선을 모으는 순간을 지나, 잎을 떨구고 다시 이듬해의 아름다운 한 송이 꽃을 피우기 위한 태동에 이르기까지 모조리 포함하는 것이었다. 그러니 꽃잎이 진다고 해서 결코 꽃의 인생이 끝나는 것은 아니다.

사랑도 마찬가지다. 우리가 꽃을 피우지 못하고 지나쳐온 몇 번의 겨울 동안, 미처 깨닫지 못해 스쳐 보내야만 했던 아름다움들에 사뭇 미안한 마음이 든다. 결국 서로의 진심을 깨닫게 한 것은 표현하지 못하고 스스로 감내해야만 했던 혹독한 외로움의 계절이었다. 겨울이 있기에 봄이 있다. 이별이 있기에 사랑의 시작이 더욱 달콤하듯이 설레는 마음은 평범하고 익숙한 표현 속에 담겨 있는 것이다.

"다시 한 번 물을게. 너에게 나는 뭐였어?"
"나의 모든 것."
"너에게 사랑이란 어떤 거였어?"
"너와 함께한 매 순간의 감정."

그녀가 다시 입을 열었고, 나는 인정해야만 했다. 아직도 여전히 세상은 우리를 위한 계절이란 사실을. 잔뜩 웅크렸던 겨울을 지나, 드디어 개화하는 봄날의 매화 한 송이처럼. 활짝, 피어난다. 그녀와 나, 우리 두 사람이라는 아름다운 꽃이 그곳에 피었다.

우리는 모순을 사랑하고 있는 거야

사랑은 어찌 보면 '미필적 고의' 같은 거야.
아무리 의도는 없었다 할지라도
누군가는 분명 상처를 입기 마련이거든.
그래도 그건 누구 한 명을 꼬집어 탓할 수 없는 일이기도 해.
사실은 이미 사랑에 빠진 순간부터
서로 암묵적으로 동의를 한 셈이니까.

"지금부터 내가 너에게 진심을 보여줄 거야.
진심만이 서로를 가장 덜 아프게 하겠지만
그건 달리 말하면 어떠한 상황에도
아픔은 피할 수 없는 숙명과 같은 것임을 뜻하기도 해."

우리는 많이 아플 거야.
비록, 사랑이 곧 아픔이지만 또한 그것이야말로 진심이기에
우리는 상처를 다독일 수가 있는 셈이겠지.
세상에 사랑만큼 철저한 모순도 없다는 것
이제는 깨달았지만 더는 달라질 것도 없어.

우리는 모순을 사랑하고 있는 거야.
지극히 역설적이지만 삶이란 그래서 아름다운 거야.

2부

삶은 피어오른다.

허기지고 목이 마를 적에

꽃이 아니라 뿌리를 갈구할 적에

포근한 햇살이 아니라

오직 눅눅한 어둠의 품에서

생명은 그 뿌리를 내리고

이 땅에 오롯이 피어날 자격을 얻는다.

링거 바늘이 꼭 수갑 같다. 한 방울 한 방울 생기가 증발하는 듯한 착각이 들 만큼. 어쩌면 그건 착각이 아닐지도 모른다. 아무리 좋은 약도 그것을 필요로 하지 않는 사람에게는 오히려 독이 될 수 있으니까. 진심이 담기지 않은 가짜 위로들, 거짓 힐링들, 다 괜찮다는 무책임한 표현들, 듣기 싫은 충고들처럼 말이다. 격리 병동으로 옮겨지기 하루 전, 건조한 병실에 앉아 내가 할 수 있는 일이라곤 누군가의 일기를 들여다보는 것이 전부였다. 그에게 단절이란 죽음이었지만, 내게 단절이란 죽지 못해 사는 일이다. 나와 일기장 속의 남자는 세상이라는 판 위에 놓인 두 가지 색깔의 바둑알 같다. 우리는 삶을 중심으로 정반대에 위치해 있다. 은하계의 별만큼이나 많은 경우의 수들이 우리 사이에 놓여 있지만 누구도 그것을 이해할 수는 없다. 삶에 대한 그의 바람을 존중한다. 그러나 나의 뜻을 꺾을 마음은 없다. 죽지 못해 사는 사람, 끝내 삶을 놓을 수가 없는 사람. 두 사람 모두 기구한 운명임에는 틀림없다.

일정하지 않은 간격으로 기록된 일기장의 남은 페이지가 조금씩 줄어들면서 나는 내심 궁금했다. 그는, 살아 있을까. 그와 그녀는 죽음이라는 경계를 넘어설 수 있을까. 그러나 이미 너무도 잘 알고 있다. 죽음이란 것은 그리 만만한 존재가 아니라는 사실을. 마음만으로 현실을 바꿀 수 있는 것은 아니다. 한때 잠시 내게도 이 세상이 아름다운 곳이라는 착각이 들었던 시절이 있었다. 밤하늘에 떠 있는 작은 별, 그 별을 좇으면 이 길고 긴 어둠의 출구가 기다리고 있을 거라는 생각도 했다. 하지만 아무리 좇아도 결코 닿을 수 없었던 그곳. 끝내 내가 깨달은 것은 희망이야말로 삶에서 가장 위험한 집착이라는 사실이었다.

격리 병동으로 옮겨진다는 소식을 접한 뒤로 엄마라는 사람의 발길이 뚝 끊겼다. 세상에 내 보호자라고는 그 여자 한 명인데, 분명 내가 옮겨진다는 사실을 그녀가 모를 리는 없겠지. 엄마를 너무나 좋아했던, 하루 종일 엄마가 일을 마친 뒤 집에 오는 때만을 기다렸던, 엄마 냄새를 맡으며 잠이 들면 꿈속에서도 엄마와 예쁜 마당이 있는 집에서 꽃을 가꾸던 모습을 그렸던 어린 소녀. 그 소녀를 아무런 예고도 없이 떠나간 그때처럼 그녀는 다시금 내가 그녀를 간절히 원할 때 내 곁에 있어주지 않았다.

나를 소중히 생각하지 않고, 나를 소중히 대하지 않는 사람들에겐 나의 감정을 전혀 낭비할 필요가 없다. 그것이 한때는 가장 좋은 친구였고, 또 한때는 뜨겁게 사랑했던 사람이라 할지라도.

내가 정말 힘에 겨울 때 내 곁에 있어줄 수 있는 사람이 좋은 사람이다. 말뿐만이 아니라, 마음만이 아니라, 행동으로 말이다. 모든 것을 만족시킬 수 있는 선택 같은 것은 존재하지 않는다고, 가진 것이 많을수록 더 많은 것을 지키기 위해 노력해야만 한다고, 누구나 사랑할 순 있지만 아무나 사랑받는 것은 아니라고, 언제나 우리의 삶은 기대와 불안이라는 어울리지 않는 화음 속에서 흘러가고 있다고…. 글쎄, 인생이란 아무리 알려고 해도 도저히 깨달을 수 없는 증명되지 않은 가설과 같다. 괜찮아질 만하면 모른다고 어림도 없다고 불현듯 따끔한 충고 한마디를 내게 던진다. 무엇을 위해 나는 이토록 고독해야 하는가. 쓸쓸하다.

이 좁고 답답한 병실로부터 도망치고 싶다는 생각을 미처 하지 못한 건 아니지만, 병원의 수많은 CCTV와 경비원, 간호사들의 눈을 피해 혼자 힘으로 이곳을 빠져나가는 것은 무리다. 물론, 서연우의 명함이 아직도 주머니 속에 들어 있다. 그러나 차마 그에게 도움을 청할 용기는 없다. 언제부턴가 사람을 쉽게 믿지 못하는 버릇이 생긴 탓이기도 하지만, 나를 이곳에 데려온 것도 서연우라는 사람이기 때문이다.

"지금, 지금이에요."

수화기 너머로 들려오는 서연우의 목소리. 가슴이 뛰었다. 마치 기다렸다는 듯이.

"그게 무슨 말이에요?"

"지금밖에 없어요. 몇 분 뒤면 사람들이 혜원 씨 병실로 들어설 거예요. 그땐 돌이킬 방법이 없어요. 지금 바로 나와요. 세면장에서 기다릴게요."

손이 떨렸다. 아마도 가슴속 깊은 곳에서부터 울려온 어떤 감정 때문이었을 것이다. 수화기를 내려놓고 문밖으로 나서려다 급히 침대 머리맡에 놓인 일기장을 집어 들고, 복도 끝에 있는 세면장으로 향했다.

"일단은 시간이 없으니, 이걸로 갈아입어요."

경찰 복장이었다. 망설일 틈 없이 나는 급히 옷을 갈아입고 나왔다. 처음이었다. 빳빳하게 다려진 셔츠가 나를 지탱해주는 기분이었다. 격리 병동으로 옮겨질 위기에 처한 이때 뜻밖에도 내게 힘이 되어준 것은 허울뿐인 소속감이었다. 단지 규격화된 옷 하나로 혼자가 아니라는 느낌이 들었다.

"생각보다 잘 어울리잖아요. 원래 경찰이래도 믿겠는데요?"

거울 속 내 모습을 바라보았다. 만약 엄마가 나를 떠나지 않았다면 나의 삶은 달라졌을까? 지나온 나의 시간들은 늘 위태로웠다. 불안에 익숙해져 버린 탓에 평온한 삶을 상상할 때면 되레 참을 수 없는 외로움에 사로잡혔다. 행복하지 않으면 행복이 사라져버릴 걱정 같은 건 하지 않아도 되니까. 나는 어쩌면 그 고통을 피하기 위해서 오히려 행복과는 정반대인 삶을 걸어왔는지도 모른다.

모자를 푹 눌러쓰고 우리는 비상계단으로 내려갔다. 한 층 한 층 지상과 가까워지면서 나는 참을 수 없는 희열을 느꼈다. 얼굴에 웃음이 번졌고 비로소 온몸에 혈기가 돌았다. '드디어, 드디어 내가 바라던 자유를 향해 걸음을 내딛는구나!' 하고 속으로 외치자 도무지 절제할 수 없는 감정이 창밖의 바람처럼 요란한 소리를 내며 온몸을 휘감았다. 멀리서 희미하게 초록빛으로 반짝이는 두 글자가 보였다. '비상.' 인생 밑바닥을 기던 애벌레가 꼼짝없이 삶에 묶여 있던 번데기의 고뇌를 떨쳐버리고 드디어 흰나비

로 날아오를 준비를 하고 있다. 삶의 가파른 절벽에 내몰려 어쩔 수 없이 죽음에 이르는 것이 아니다. 스스로의 의지로, 지극히 개인적인 욕망으로 진정한 쾌락을 향해 날아오르는 삶. 나는 가장 행복한 순간에 죽음을 택할 것이다. 죽음이야말로 내게는 유일한 쾌락이기에, 그 목적과 결과가 동일시되는 단 하나의 길은 세상과 나 사이에 짙은 선을 긋는 일이다. 그것만이 나를 아름답게 하는 길, 천국으로 향하는 방법이다.

"저기 비상구, 이제 저 문을 지나면 당신은 자유예요."

빛을 발하고 있던 '비상'이란 단어 옆에 불 꺼진 글자 하나가 보였다. '비상구.' 신을 믿지는 않지만 가끔은 이 세상에 신이 존재하는 건 아닌가 의문을 품을 때가 있다. 어찌하여 비상구는 내게 비상이 되었나. 신의 뜻인가, 혹은 단순한 우연인가, 아니면 그렇다고 믿기 때문에 그렇게 보이는 것뿐인가. 아무도 모른다. 문을 나서자 밤공기가 우리를 스쳐 지나간다. 오랜만에 창밖의 바람 소리가 아니라 직접 바람을 맞으니, 몸이 추위에 떨렸고 이내 소름이 돋았다. 자유의 쾌감을 느끼기 전에 우선 병원에서 멀리 떨어진 곳으로 장소를 옮겨야만 했다.

"왜 나를 도와주는 거죠? 내가 또 죽음을 택할 거란 걸 당신은 이미 알고 있지 않나요? 엄밀히 말하면 이건 자살 방조인 거죠. 우리나라에서 그건 불법이에요. 불합리하다고 생각하지만 당신은 법을 지켜야 하는 신분 아닌가요?"

"법을 지켜야 하는 건 경찰이 아니라 이 나라 사람 모두에게 해당되는걸요. 그리고 저는 당신이 스스로 죽음을 택할 거라고 생각하지 않아요. 아직까지 당신은 깨닫지 못한 모양이지만 저는 그렇게 믿어요."

"그럼 왜 나를 탈출하게 도와준 거죠? 당신이 아니었다면 나는 이미 죽었을 수도 있고, 당신이 아니었다면 나는 지금쯤 격리 병동으로 가는 차를 탔을지도 몰라요."

나는 따지듯 질문들을 던졌고, 그때마다 서연우는 답변을 준비라도 한 듯 막힘없이 답했다.

"어머니께 연락이 왔어요. 병원 관계자들이 멋대로 치료 여부를 결정했나 봐요. 당신 어머니는 혹시라도 당신에게 해가 될까 봐 얼떨결에 동의했지만, 그 뒤로 격리 병동 소식을 들었고, 어머니 또한 면회가 거부되었던 거죠. 그녀는 당신을 걱정하고 있어요. 애타게 당신을 그리워하고 있어요."

"아니요. 그 사람이 찾는 착하고 예쁜 미소를 가진 소녀는 이미 오래전에 죽었어요. 그러니 지금의 나는 빈껍데기 모순인 존재에 불과해요. 그리고 그 착한 아이는 물건이 아니에요. 어딘가에 방치되었다가 생각날 때 한 번쯤 찾는 그런 장난감이 아니라고요. 나는, 나는 누구보다 엄마를 좋아했던 평범하고 꿈 많은 소녀였을 뿐인데, 그녀는 내게서 모든 것을 앗아갔어요. 다시는 그 고통을 겪고 싶지 않아요. 도와준 것은 감사하지만 더는 참견하지 말아줘요. 제 목표는 누구보다 분명하니까요."

올해의 마지막 날, 여진이와 나는 다시 만나기로 약속했다. 며칠 전 서로의 마음을 확인하고서 우리는 부둥켜안고 흐느꼈다. 거리의 비는 그쳤으나 우리 마음속에는 그 여운이 계속해서 내리고 있었다. 헤어짐을 맞이해야 했던 마지막 날과 첫날의 경계선에서, 우리는 두렵지만 조금 더 솔직해지기로 했다. 시간이 더 흐르면 다시는 느낄 수 없을 서로의 진심을 나누기 위해 더는 도망치지 않고 마주하기로 했다. 그날과는 조금 다르게 사람들로 북적이던 광화문 거리가 아니라, 여진이의 집 앞 조용한 카페에서 나는 그녀를 기다렸다. 조금 더 서로에게 집중할 수 있도록.

그녀를 기다리는 동안 나는 그녀가 없었던 시간의 나를 떠올렸다. 그녀와 헤어진 후, 나는 절필을 선언했다. 당연히 누구도 그 것에 관심이 있었던 것은 아니지만 내게는 그것만큼 서글픈 고백 도 없었다. 그래도 도저히 책으로부터 등을 돌려 살아갈 자신은 없어서, 글을 쓰는 일이 아니라 책을 만드는 일을 하며 살아가자 마음먹었다. 출판사에서 일을 시작할 때 작가라는 타이틀은 좋은 배경이 되었다. 그런데 아이러니하게도 책을 만드는 사람들 모두 가 책을 좋아하는 것은 아니었다. 누군가에게 그것은 단순히 먹 고살기 위한 일의 수단이었고, 또 누군가에겐 한때는 뜨거웠으나 이제는 식어버린 열정과 같았다. 그렇다면 내게 책이란 것은, 나 에게 글자란 것은 무엇이었을까. 선뜻 답을 하지 못하겠다.

　내게 주어진 업무 중 하나는 출간될 도서들의 등급을 결정하는 일이었다. A등급부터 D등급까지, 어떤 기준을 통해 분류를 하고 그에 해당하는 홍보 예산을 구성하는 일이었다. 그것은 감히 내 가 감당하기에는 가혹했고, 한때 글을 썼던 나에게는 도저히 견 딜 수 없는 일이었다. 그 '어떤 기준'이 바로 '돈'이었기 때문이다. 좋은 책과 잘 팔리는 책은 분명히 다르다는 사실을 깨닫게 된 이 후로 나의 자존감은 조금씩 야위어갔다. 어쩌면 지금 내 머릿속 에 생긴 종양은 그때 내가 가차 없이 낙인 찍었던 누군가의 꿈에 대한 죄책감 때문일 수도 있다. 분명히 회사에 필요한 일이었지 만 내게는 가당치도 않은 일이었고, 먹고살기 위해 해야 하지만 내 행복을 위해서는 반드시 피해야 하는 일이었다.

그렇게 1년을 살았다. 내가 아닌 듯이, 죽은 듯이 살기 위해 타인이 되어 지냈다. 하루는 퇴근길에 내가 삶 위에 존재하는 것이 아니라 삶이 내 위에 존재하고 있다는 생각이 들었다. 한 걸음 더 내디디면 모든 것이 무너져 내릴 것만 같은 압박이 나를 강하게 짓누르고 있었다. 유난히 추운 겨울이었지만 몸이 시린 줄도 몰랐다. 마음이 너무나 아프게 아려왔기 때문이다. 지하철역 에스컬레이터에서 나는 울었다. 위로부터 짓눌리다 못해 땅 밑으로 추락하는 기분이 들었다. 이대로라면 삶이 나를 그대로 관통하여, 아무런 무게도 없는 우주의 공간에 나를 덩그러니 남겨버릴 것 같은 고독에 휩싸였다. 다음 날, 나는 사직서를 썼다. 사직서라는 세 글자가 내게는 심폐소생술 같았다. 아마 그날 사직서를 쓰지 않았다면 나는 숨이 막혀 죽었을지도 모른다. 그러면

서 나는 다시금 느낀 것이다. 내게 활자란 공기와 같은 것이구나. 내가 느끼고 있는 어떤 막연한 감정들, 차마 견딜 수 없는 무거운 무게들, 뱉어내야만 하는 거친 숨소리들, 이 모든 것은 쓰는 행위를 통해서만 해소될 수 있구나 하고. 그때 비로소 나는 스스로가 인정할 만한 시인이 되었음을 깨달았다. 글자가 공기처럼 간절한 때가 되어서야 시를 쓰는 일이 곧 나를 살리는 일임을 깨달았던 것이다.

계절의 다짐

잘하고 있는 걸까
나는 누구이며 무엇을 위해 존재해야 하는가
내가 사랑했던 사람들에게 나는 어떤 사람으로 기억될까
좋은 사람이었을까 아니면 한때의 어스름이었을까

행복의 기준이 변해간다
넘칠 만큼의 벅찬 감정이 아니라
상처 입지 않을 만큼의 소소한 기쁨이
이제는 행복처럼 느껴진다

시간이 지나 가끔 과거를 돌아봤을 때
오늘 내가 내린 결정들
내가 준 마음들 내가 품은 진심들을 후회하지 않는 것
그땐 정말 그럴 만한 가치가 있었다고
끄덕끄덕 지난 과거를 안아줄 수 있는 사람이 되고 싶다

사랑한다 네게 건네었던 말들
조금의 불순물도 없는 순수한 고백이었음을
그날의 우리는 진실이었음을
의심하지 않는 사람으로 남고 싶다
지금까지의 나를 의심하지 않는 사람으로 살아가고 싶다

다시 12월 31일
마지막 고백

　　　　　혼자 생각에 잠겨 있는 사이, 어느새 내 앞에 여
진이가 있었다.

"아, 언제 왔어?"

"무슨 생각을 그렇게 하고 있어? 괜찮아. 이제 내가 여기에 있
어."

따뜻한 커피 한 모금과 고소한 빵 냄새. 여진이와 헤어져 있던
동안의 나는 소소한 삶의 행복들을 애써 모른 척하며 살아왔구나
싶어 커피처럼 쓰고 진한 미소를 지었다.

"오늘은 올해의 마지막 날이야."

여진이가 지긋이 나를 바라봐주고 있었다. 어딘가 어색한 내 미
소 앞에서, 시간 앞에서, 가만히 그녀가 나를 지켜봐주고 있음에

감사할 뿐이었다.

"이렇게 손 내밀어봐."

나는 그녀의 말대로 오른손을 탁자 중앙에 올려놓았다. 그러자 여진이가 내 손등을 토닥토닥 그녀의 손바닥으로 다독여줬다.

"자, 이제 따라 해봐."

그다음엔 나를 다독이던 그 손을 가슴으로 가져가서 스스로 자기 마음을 쓰다듬어주었다.

"남이 해주는 위로만큼이나 스스로 자신을 안아주는 것도 중요한 거라고 생각해. 대개 사람들은 자기 자신을 칭찬하고 안아주는 일에 인색하지만, 사실은 그것만큼 중요하고 따뜻한 행동도 없을 거야."

생각해보니 까마득하다. 나는 언제 나 스스로를 칭찬해주었나. 거울 속의 나에게, 오늘을 살고 있는 나에게, 이미 충분히 잘해왔다고 괜찮을 거라고 말한 적이 있기나 한 것인가. 타인의 눈이 아니라 나 스스로의 시선으로 나를 인정할 수 있는 삶, 생각해보면 그것이 행복에 가장 가까운 오늘인지도 모른다. 그리고 그것은 결코 나 혼자서는 도달할 수 없는 깨달음이었다. 우리가 용기를 내지 못했고 그 자리에 함께하지 않았다면, 나는 죽음에 이르기까지 그것을 모른 채 눈감았을 수도 있다. 세상의 마지막 빛을 눈으로 담으며 후회만 하다가, 안타까운 눈물만 흘리다가, 행복했던 시절을 잊은 채로, 내가 이루어온 수많은 아름다운 순간들을 까마득히 잊은 채로 생을 마감했을 수도 있다. 사랑은 그렇게 우리가 혼자서는 볼 수 없는 것들을 볼 수 있게 해준다. 멀리 있는 것이 아닌, 너무 가깝고 당연해서 등한시할 수밖에 없었던 것들을 그 사람의 눈에 비춰 다시금 깨닫게 되는 것이다. 토닥토닥, 쓰담쓰담. 우리는 이 순간을 사랑하고 있다.

그날 밤, 우리는 분위기와 함께 무르익었다. '우리'라는 말 속에 그녀와 내가 있어서 정말이지 다행이었던 올해의 마지막 날, 한겨울에도 피는 꽃이 우리 사이에 있었다.

"있잖아. 나는 이 꽃이 봄에 피는 꽃인 줄로만 알았는데, 글쎄 오늘같이 추운 날에도 이렇게나 활짝 피어서 놀랐어. 꽃을 주는 일은 참 오랜만이다, 그치?"

정확히 3년 만에 나는 그녀에게 꽃을 전했다. 그때는 결말이었지만 그날은 여전히 끝나지 않았음을 말하기 위해서였다. 순백의 꽃잎과 샛노란 암술로 조화롭게 피어난 수선화. 공교롭게도 그 꽃말은 자기 사랑과 존중이었다. 아마 그 꽃이 조금 일찍 피어난 이유는 우리가 자신의 가슴을 쓰다듬으며, 지금까지의 스스로를 인정할 용기가 생겼기 때문은 아닐까. 여진이의 눈에서 눈물이 글썽였다. 나는 그녀의 손을 꼬옥 잡아주었다.

1202호. 내가 다시 그곳에 가게 될 줄이야. 그녀의 집으로 들어서자 그곳엔 여전히 우리가 존재하고 있었다. 늦은 밤, 불이 나간 화장실 전등을 갈아주던 내가 있었고, 내 손톱에 빨간색 매니큐어를 바르던 장난스러운 그녀가 있었다. 맥주 한 모금과 타코야끼 하나를 입속에 넣으며 좋아하는 영화를 보던 우리가 있었고, 침대 머리맡의 옅은 불빛 아래에서 진하게 입을 맞추던 여진이와 내가 있었다. 우리는 칭따오 맥주 한 캔을 따서 건배를 했다. 곧 새로운 한 해가 우리를 반겨줄 것을 기대하면서. 텔레비전에서 요란한 카운트다운이 시작되고 종소리가 온 나라에 울려 퍼질 때 그녀와 나는 입을 맞췄다. 그 순간 가슴속에서 느껴지는 어떤 가벼운 떨림, 설렘과 두려움이 공존했다. 아직 다 익지 못해서 생각보다 조금 더 단단했던 키위를 안주 삼아 우리는 맥주 두 캔씩을 마신 뒤 침대에 누웠다.

  그녀가 온수 매트를 켰다.

"온도 너무 높이지 마. 저번에 나 자다가 깼던 거 기억하지?"

"걱정 마."

"아, 여진아 근데 화장 지우고 자야지."

"도대체 나한테 왜 그래? 못생긴 모습 보이기 싫어. 헤어지고 정말이지 후회했던 것 중 하나에 이것도 포함된 거 알아? 안 돼!"

"화장 안 해도 예뻐. 새벽의 당신에게 화장은 필요하지 않은걸. 얼른 다녀와. 나 눈 감고 있을게."

"그럼 눈썹은 안 돼. 알겠지? 나중에 딴말 하기만 해봐. 못생겼네 피부가 어떻네 말 나오기만 해봐. 아주 쫓겨날 줄 알아."

그녀가 깨끗하게 세안을 하고서 기어코 다시 눈썹을 그린 뒤 내품으로 들어왔을 때의 기분이 참 묘했다. 그녀의 체온이 나의 통증을 다 녹여주는 듯한 기분이었다. 그녀의 심장 뛰는 소리가 고스란히 내게로 전해져왔다. 잠깐의 적막을 밀어내며 나는 입을 열었다.

"여진아, 나 이제 곧 죽어. 조금씩 잃어가면서 결국엔 다 잊어버릴 거야. 너도, 그리고 우리도 말이야."

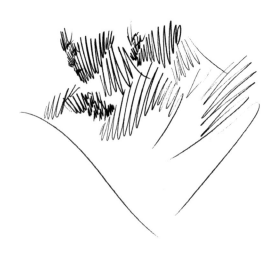

당신의 온도

그날 밤, 당신의 체온이 전해져왔다. 미열로 끙끙 앓던 나의 외로움은 이내 식은땀을 흘렸다. 아마 눈물이었는지도 모른다. 일정하고 보드라운 숨소리, 팔베개를 하고서 새근새근 눈을 감은 너의 모습이 가슴 가득 저려올 적에, 나는 이 밤이 조금만이라도 더 길면 좋으련만 하고 소원을 빌었다.

어쩌면 당신의 온도는 나를 치유하기에 가장 알맞은 조건이었는지도 모른다. 당신의 체온에는 감정의 선율이 있었다. 뒤에서 나를 안아주던 당신, 피부가 닿았던 꿈 같은 순간, 살과 살이 만들어내는 청아한 마찰음과 입술이 닿았다 떨어질 때의 아련함.

고스란히 내게로 스며들었다.

삶과 죽음의 경계에서 선을 그었던 밤, 그날 밤으로 우리는 함께 걸었다. 엄마에 대한 서연우의 변명들을 밤하늘과 깜깜한 공기로 애써 지우다 보니, 어느덧 방문 앞에 도착해 있었다.

"그날 밤 나를 방해한 사람이 누구인지 나는 꼭 알아야겠어요."

"그럼, 직접 확인해보시죠. 어쩌면 문 너머에 그 답이 있을지도 모르니까요."

"일기장 속의 그 서연수라는 남자, 누구죠?"

"그 사람, 우리 형이에요. 그리고 그건 제게 선물과도 같은 일기들이죠. 아, 형이 언젠가 제게 준 시가 있어요. 일기장 제일 마지막 장에 끼워두었어요. 나중에 한번 읽어보세요."

"도대체 이걸 나한테 보여주는 이유가 뭐예요? 이젠 말할 때가 되었다고 생각해요. 나한테 이러는 이유가 뭐죠?"

"누군가 당신을 도와달라고 간절하게 부탁했기 때문이에요."

"그 누군가는 제가 직접 알아내야 할 몫이라고 말할 참이죠?"

"정답이에요."

서연우는 나를 보며 환하게 웃었다. 나는 도무지 이해할 수 없었다. 우리는 내가 이 방 안에서 선을 긋기 전에 한번도 마주친 적 없는 사이다. 그럼에도 불구하고 무엇이 그로 하여금 나에 대한 연민을 느끼게 하는 것일까. 어찌됐든 그 모든 답은 문 너머에 존재하고 있는지도 모른다. 나는 그의 눈치를 살짝 살핀 뒤 비밀번호를 눌렀다. 1, 0, 0, 4. 문을 열고 네모난 방 안에 들어섰을 때 나는 서연우에게 다시 물었다.

"밖에서 누가 강제로 문을 연 흔적 같은 건 없었어요. 집주인이 마스터키 같은 걸 가지고 있지도 않고요. 당신은 어떻게 아무런

흠집 하나 없이 문을 열 수 있었죠? 말해봐요."

그의 동공이 흔들렸다. 당황한 기색이 역력했다. 대답 없는 그를 뒤로 하고 나는 내 방을 꼼꼼히 들여다봤다. 모든 것이 그대로다. 신발을 신은 채로 어두운 방을 지나 스탠드 불빛을 밝혔다. 그날의 기억이 다시 떠올랐다. 심장이 조금 급하게 뛰었고, 여전히 이렇게나 건강히 뛰고 있는 내 가슴이 원망스러웠다. 이곳엔 내가 살아남을 수 있었던 이유 같은 것은 없다. 나는 철저하게 혼자인 상태였으니까 말이다.

"이제 장난은 그만하세요. 병원에 갇혀 있는 동안 그날의 일을 머릿속으로 수십 수백 번은 다시 떠올려봤지만, 도무지 당신 이외에는 답이 없었어요."

"제 대답은 똑같아요. 저로서는, 더는 해줄 말이 없어요."

"그래요? 휴대폰에 남아 있는 통화 기록조차 오직 '112' 하나뿐이었어요. 누군가 나를 발견한 뒤 신고를 했고, 그 전화를 받은 건 다름아닌 당신이었겠죠."

"…."

서연우는 무언가를 망설이고 있었다. 고민하는 듯했지만 역시나 더는 말할 수 없다는 듯이 한숨과 함께 고개를 떨구며 물었다.

"근데 비밀번호가 '1004'예요? 천국이 있다고 생각하시나 봐요."

"그럴 리가요. 그건 날짜일 뿐이에요. 10월 4일."

"특별한 날인가 보군요."

"특별하다기보단 결코 잊을 수 없는 날짜라고 보는 게 맞겠죠. 제가 이 세상에서 유일하게 사랑했던 사람이 그날 생을 마감했으니까요. 그것도 스스로의 의지로 말이에요."

갑작스럽게 가슴속에서 눈물이 끓어올랐다. 참으려 했지만 몸이 떨렸고 얼굴에는 붉은빛이 번졌다. 입술을 꽉 깨물고 창밖을 보며 안 된다고, 더는 눈물을 남들에게 보여서는 안 된다고 가슴을 움켜쥐었다. 그때 서연우가 내 어깨에 손을 올렸다. 나는 그 손을 애써 밀어냈다. 그러다 서로 손이 닿았다. 오랜만에 따뜻한 온기가 전해져왔다. 이내 우리의 시선은 서로가 마주 닿은 곳으로 옮겨졌다. 그곳엔 놀랍게도 나와 같은 아픔이 짙게 드리워져 있었다. 서연우, 그가 지금 내 곁에 있는 이유를 조금은 알 것도 같았다.

"제가 스스로 손목에 선을 그었던 날, 형은 울지 않았어요. 살아야만 한다고 강요하거나 다그치지도 않았어요. 흐릿하게 번져가는 저의 시선 속에서 그는 다만 눈물을 글썽이며 한 편의 시를 읊었을 뿐이에요. 그저 스스로의 의지로 살고 싶다는 마음을 가질 수 있도록 일깨워줬을 뿐이죠. 일기장 마지막에 끼워둔 시가 바로 그 시예요. 세상이라는 차고 매서운 바람 속에서 외로운 인간이 가엾게 빛을 일어갈 때, 놀랍게도 그 빛을 잃지 않도록 지켜주는 것은 주변 환경이 아니라 스스로의 마음가짐은 아닌가 하고 생각하게 되었어요."

삶이 권태로운 그대에게
나는 감히, 시를 권한다

그 언젠가의 내가 그러했던 것처럼
아무렇게나 꼬여버린 삶에도 어떤 실마리가 존재하고 있음을
근거 없는 용기와 이름 모를 위안이 혼재하고 있음을
싫은 세상에 어느 것 하나 시가 아닌 것이 없음을
나와 그대에게 증명하기 위하여

꽃이 피고 잎이 흩날리는 생의 아름다움,
그 찬란한 계절의 끝에서
우리가 그토록 아름다웠음을 잊지 않기 위하여
삶이 권태로운 그대에게
나는 감히 시를 권한다.

뜻을 되뇌며 낮은 목소리로 삶을 논할 때
잔뜩 웅크린 채로 인생의 쓴맛에 대해 읊조릴 때
비로소 인간의 삶이 소중한 의미로 무르익는 것과 같이

삶은 피어오른다.
허기지고 목이 마를 적에
꽃이 아니라 뿌리를 갈구할 적에
포근한 햇살이 아니라
오직 눅눅한 어둠의 품에서
생명은 그 뿌리를 내리고 이 땅에 오롯이 피어날 자격을 얻는다.

"나는 그를 많이 좋아했어요. 분명히 우리는 많이 달랐어요. 그는 화목한 가정에서 자랐고, 내가 결코 가질 수 없는 것들을 당연한 듯 누리며 살아왔어요. 누군가에겐 평범한 일이었는지도 모르지만 나에게는 절대로 해당되지 않는 것들 말이죠."

오랜만에 돌아온 나의 공간은 역시나 편안했고 내게 꼭 알맞았다. 나는 그에게 앉아도 좋다고 했다. 자리를 내어준 것이다. 그가 내게 잘해주어서 내 생명의 은인이기 때문이 아니라, 나와 같은 어둠을 공유하고 있었음을 깨닫게 되었기 때문이다. 선반에서 두 개의 찻잔을 꺼냈다. 그러면서 나는 아직 멀었구나 하는 생각을 했다. 왜 나는 구태여 두 개의 찻잔을 내 방 안에 놓아두었던 것인가. 누군가 이곳에 오기를 기다리기나 했다는 듯이, 그때가 되면 따뜻한 차 한 잔을 내어주려고 마음먹었다는 듯이 말이다. 주전자에 물을 붓고 불에 올렸다. 빈방 안이 조금씩 사람의 온도로 차오르고 있음을 느꼈다. 서연우는 잠시 옛 생각에 잠긴 모양인지 일기장에 고이 끼워두었던 형의 시를 들고 창밖을 바라보고 있었다. 사랑은 이래서 무서운 것이다. 누군가를 사랑하게 되면 동시에 우리는 그 사람이 행복했으면 좋겠다는 바람을 지니게 된다. 그리고 그 꿈이 깨지게 될까 봐 노심초사하고, 살얼음을 걷는 기분으로 조심스럽게 그의 행복을 어루만져주어야 하는 것이다.

결국 병이 두려운 것은 나의 고통 때문이 아니라, 그로 인해 사랑하는 사람이 다치게 되는 까닭이다. 나만 아프다면 나만 고통스럽다면 삶이라는 고독한 병이, 사랑이라는 지독한 마음의 병이 이토록 우리를 아프게 하는 일 따위는 없었을 텐데. 자신에게 삶의 의지를 내어주고 조금씩 죽음에 가까워져 가는 형의 모습을 지켜봐야만 하는 서글픔, 그것은 어쩌면 인간이 혼자일 때 겪을 수 있는 고통보다 더 가여운 것인지도 모른다. 사랑하는 이의 죽음을 지켜봐야 하는 아픔. 사랑은 그래서 아프고 눈물겹다. 우리에게 허락된 시간은 영원이 아니라 순간일 뿐이고, 우리에게 허락된 진심은 매 순간이 아니라 아주 작은 찰나에 불과하니까. 나는 서연우에게 따뜻한 우롱차 한 잔을 건네며 말을 이었다.

"스물여덟, 대학원에 다닐 때 우리는 연구실 조교로 만났어요. 둘 다 물리학을 전공했죠. 이름은 진언. 나보다 한 살 많았던 그 사람은 늘 이상한 질문을 하곤 했었죠. 제가 그를 사랑하기 시작한 건 어느 날, 그가 이런 질문을 했을 때였던 것 같아요. '사랑이란 뭘까? 사랑에도 질량이 있을까? 사랑이 존재한다는 건 어디까지나 가설에 불과한 것 아닐까?' 그때 그런 생각이 들었어요. 이 세상에 나와 같은 생각을 하는 사람도 존재하는구나, 자라온 환경도 배경도 터무니없이 다른데, 그래도 사람은 같은 마음을 품을 수 있구나 하고 말이죠. 사랑이 단지 가설이 아니라 실존하는 것은 아닌가 하는 생각이 들었던 건 그때가 처음이었어요. 나와 정반대의 삶을 살아온 사람이 나와 같은 마음을 품었다는 것, 그 질문으로 인해서 내가 품어온 의문들이 해소되는 듯한 느낌을 받았을 때, 우리 두 사람 모두 그 해답을 알 수는 없었지만 분명히 서로를 이해하고 있다는 생각을 했어요."

서연우와 나는 침대에 등을 기대고 나란히 앉았다. 우롱차의 온기를 목구멍으로 넘기며 그간 차마 누구에게도 꺼내놓지 못했던, 가슴 깊은 곳에 고이 묻어두었던 이야기들을 조심스레 꺼내었다.

"처음에는 사랑이 나를 위한 것이라고 생각했는데, 살다 보니 사랑은 오직 상대방만을 위한 것이 되기도 했다가, 지금은 사랑이 그 누구의 것도 될 수 없다는 생각을 하곤 해요. 어느 때에는 감히 제가 사랑을 잘 알고 있다고 생각하는 순간이 부끄러워지기도 했어요. 정말이지 삶에서 내려지는 바보 같은 결정들은 잘 몰라서가 아니라 잘 안다는 착각에서 비롯되는 것은 아닌가 싶기도 해요."

나는 고개를 돌려 서연우의 얼굴을 바라보았다. 그의 얼굴에는 옅은 미소가 번져 있었다. 그리고 나는 속으로 조용히 되뇌었다. 스스로 여전히 사랑을 믿고 있다고 말하기에는 이미 너무 먼 길을 와버린 것만 같아서였을까.

'맞아요. 인간은 사랑을 할 때 강해져요. 그리고 공교롭게도 그 사랑이 우리를 나약하게 만들어요.'

오늘 밤에는 오랜만에 살아 있음에 대한 죄책감을 조금은 내려놓을 수 있을 것 같다.

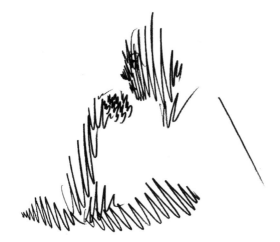

"여진아, 나 이제 곧 죽어. 조금씩 잃어가면서 결국엔 다 잊어버릴 거야. 너도, 그리고 우리도 말이야."

잠시 정적이 흘렀다. 그녀가 돌아누워 나를 바라보더니 입술에 가볍게 입맞춤을 했다. 내 볼을 쓰다듬으며 그 사람은 아무 말도 하지 않았다. 지긋이 나를 바라볼 뿐이었다. 아마 조금씩 통증은 나를 조여오고 기억은 나를 시험하려 들 것이다. 상처가 생긴 자리에서 더는 새살이 차오르지 않고 후회스러운 것들만 떠올라도, 더는 그것을 만회할 시간이 허락되지 않을 것이다. 그렇다 해도 새벽의 우리는 분명 잊혀지지 않을 인생의 명장면이었으리라.

손발이 찬 그녀가 키위를 깎아주던 밤, 아직 완전히 익지 않아서 충분히 달지 못하다고 키위의 정체성에 대해 논하던 밤, 큰 창이 있어 고독해도 외롭지는 않던 그 방 안 한구석에 드리워진 그녀의 작은 그림자와 맥주 한 모금을 나누며, 설익은 열매 같은 마음에 대해 아니, 이미 충분히 익었지만 제철이 아니었던 야속한 시간에 대해 논하던 밤, 꼬깃꼬깃 접혀 있는 손금만큼이나 복잡하게 얽혀 있던 감정의 파도들이 몰아치던 밤, 손발이 차가운 그녀, 나는 그녀를 사랑한다. 그 밤, 그 방 안, 그 공간 곳곳에 속해 있던 우리를 사랑한다.

　　"내가 너 이대로 죽게 하지 않을 거야."

　　"여진아, 어쩌면 너무 늦었을 거야."

　　"늦었다고 해도 놓지 않을 거야. 내가 곁에 있어 줄 거야. 내가 기억할 거야. 네가 한 말들을, 네가 내게 주었던 마음을, 너라는 사람과 네가 쓴 글들까지 내가 모두 다 잊지 않고 간직해둘 거야."

그녀의 눈물이 옷깃으로 스몄다. 차가운 그녀의 손발을 끌어안을 수 있는 시간도 이제 그리 많이 남아 있지는 않겠지. 나는 조금 두렵다. 내가 죽는다는 사실보다 내가 정말로 눈을 감은 뒤에 홀로 남겨질 그녀의 삶이 가여울 따름이다. 희망에도 무게가 있어 더욱더 깊은 고민의 품속으로 스며드는 밤, 그런 까마득한 밤하늘 아래 우리는 소리도 없이 울음을 쏟았다. 눈물을 들킬까 지레 겁먹고 눈 깜짝할 새도 없이 별똥별처럼 뚝뚝 스쳐가 버린 진심들. 해가 뜨면 간밤에 무엇이 내렸는지 기억하지 못할 수도 있다. 그것이 마치 꿈이었다는 듯 이내 아무렇지 않게 시간은 흘러갈 테지. 창밖에서 바람이 운다. 참, 하염없이.

나를 스쳐간 그 무엇들에게도
가끔씩은 내가 그리운 나날들이 있었으면
좋겠다

많은 것들이 나를 스쳐갔다.
그중 몇몇은 정말로 놓치기 싫었다.
절대로 포기하고 싶지 않은 것들을
정말이지 어쩔 수 없이 놓아야만 하는 일.

처음엔 부정하려 발버둥쳤으나 시간이 갈수록
나라는 존재가 차마 감당할 수 없을 만큼의
이별이 찾아올 거란 사실을 깨닫는다.

혼자 감당하기에는 너무나 소중해서
나를 스쳐간 그 무엇들에게도
가끔씩은 내가 그리운 나날들이 있었으면 좋겠다.

놓았지만 잊지는 않으리라고
내 젊은 날의 기억에서 그렇게 때때로 서로를 마주하고 있자고
마치 내일도 볼 것처럼 당연하고 익숙하게
각자의 삶에서 각자의 현실에서
때때로 그리워하고 이따금씩 후회하면서
여전히 놓지 못해 부둥켜안고 있는 것들을
가슴 가득 안고 살아가리라.

새해의 첫 새벽, 여진이에게 내게 있었던 일들에
대해 설명해야만 했다. 머리에는 커다란 암 덩어리가 있고 이미
몸의 여러 부분에 그것들이 전이되었다고 말했다. 그럴수록 그녀
는 나를 더 꽉 안아주었다. 그녀는 확률이 적다 해도, 파마머리가
다 빠져버린다고 해도, 내가 굳이 항암 치료를 받기 원했다. 그것
이 완치가 아니라 생을 단 며칠 연장하는 정도에 불과하다고 해
도 그 사실을 가볍게 여기지 않기를 바랐다.

"여진아, 사람은 누구나 죽어. 내가 시한부 선고를 받고 나서 느
낀 것이 있다면 얼마나 오래 살았는지가 중요한 건 아니라는 거
야. 나는 단 며칠을 살아도 의미 있는 존재로 살고 싶어. 그리고
너와 다시 만났다는 사실 하나로 나는 이미 충분해."

"연수야, 포기하지 마. 나는 너 포기 못 해."

집으로 돌아오는 길에는 마음이 조금 복잡했다. 어느 것이 옳은 선택인지는 겪어보지 않고서는 절대로 알 수 없을 것 같다는 생각이 들었다. 그리고 내가 죽으면 슬픔에 잠겨 한동안 헤어 나오지 못할 사람들이 또 누가 있는지 생각해보았다. 동생과 여진이를 제외하고 떠오르는 사람은 그리 많지 않았다. 우선 제일 친한 친구에게 연락을 했다. 위로받기 위해서라기보다는 그놈이 어떤 반응을 보일지 궁금했다.

"어이 글쎄, 나 두 달 뒤면 죽는대."

"진짜? 나는 두 달도 못 버틸 듯."

서른한 살에 여전히 공무원 시험을 준비하고 있는 녀석과는 만날 때마다 누가 더 불행한지에 대해 토론을 벌이곤 했다. 오랜만에 맥주 한잔 하자고 저녁 약속을 잡고는 이른 아침에 나와 공원을 걸었다.

찬 기운이 있었지만 바람이 불지 않아 그럭저럭 걸을 만한 날씨였다. 집 앞 작은 공원에서는 이른 아침부터 노인들이 삼삼오오 앉아 바둑을 두고 있었다. 나는 슬쩍 근처에 자리를 잡고 그들의 모습을 구경했다. 노인들은 바둑을 두면서 오늘 신문에 나왔던 세상 이야기부터 자기가 지금껏 살아오며 겪었던 경험에 이르기까지 중구난방으로 이야기를 이어갔고 연신 헛기침을 했다. 어떤 할아버지는 말수보다 헛기침하는 횟수가 더 많아서 과묵했지만 소란스럽게 보이기도 했다. 다들 생각보다 정정했다. 대부분의 노인들은 거의 고함을 치듯 목청을 높여 말했다. 처음엔 그것이 격앙된 감정의 표현이라고 생각했는데, 계속 보고 있으니 단지 귀가 잘 들리지 않아서였다. 자신의 이야기를 과장되고 크게 이야기했던 이유는 남의 이야기가 잘 들리지 않았기 때문인 것이다. 나는 뜬금없이 할아버지들을 바라보면서 그런 생각을 했다.

'결국 타인의 이야기를 잘 들을 수 없게 되면, 내 감정 표현 역시 온전히 할 수 없는 노릇이구나.'

가끔씩 누군가와 이야기할 때 답답한 기분이 들어서 혼자 가슴을 치며 분을 삭였던 나의 모습이 부끄러워졌다. 조금 더 그 사람의 말을 잘 들어주려고 했었다면, 아마 내 마음도 더 잘 전달할 수 있었을 텐데. 나는 내 가슴을 쓰다듬어줬다.

주변을 관찰하고 난 뒤 책을 읽으려고 이어폰을 꺼냈다. 책을 읽기 위해서 굳이 음악도 나오지 않는 이어폰을 끼는 이유는 지금 내가 귀를 막고 있으니 방해하지 말아달라는 무언의 상징과도 같았다. 가끔 이런 장치들은 우리 삶에 소소한 도움을 준다. 굳이 말로써 상대에게 내가 혼자 있고 싶음을 전달하지 않아도 되는 것은 얼마나 편리한 일인가! 그런데 미처 왼쪽 귀를 막기 전에 할

아버지 한 분이 내 옆자리에 앉으며 말을 건넸다. 아깝다. 일 초만 더 빨랐어도 못들은 척 시치미를 뗄 수 있었을 텐데.

"저기, 혹시 이 글자 좀 읽어줄 수 있을까요?"

주름진 할아버지의 눈에는 휴대폰 화면의 작은 글자가 제대로 보이지 않는 모양이었다.

"아 '할아버지 새해 복 많이 받으세용.'이라고 적혀 있어요."

"그래요? 그럼 말이 나온 김에 글도 몇 자 보내줄 수 있을까요?"

할아버지의 눈이 기쁨과 설렘으로 빛났다.

"내 새끼 공부 못하고 살도 좀 쪄도 된다. 건강하고 착하게만 커다오. 할아버지가. 이렇게 좀 부탁드려요. 이게 나이를 먹으면 새로운 걸 하기가 힘이 들어서 말이에요."

나는 할아버지의 글에 귀여운 이모티콘도 함께 담아 보냈다. 할머니 생각이 났다. '내 새끼'라는 말에서 모락모락 정겨운 옛 기억이 피어오르는 것 같았다.

"멀리, 외국에서 공부하고 있어서 우리 손주가 이번에 나 보러 못 왔어요. 그래도 세상이 참 많이 좋아져서, 바다 건너에서도 바로 문자도 주고받을 수 있고, 서로 건강하게 잘 있다고 소식 주고받을 수 있는 것만 해도 우리 같은 나이든 사람들에게는 큰 위안이라오."

세상이 좋아져서 지구 반대편에서도 서로의 소식을 주고받을 수 있게 되었지만, 그 세상살이가 참 빠듯해서 정작 사랑하는 사람의 손도 잡아주지 못할 만큼 바쁘게 흘러가고 있는 건 아닌가 생각했다.

"할아버지, 전 앞으로 어떻게 살아야 할까요?"
"허허, 이 친구가, 그걸 왜 나한테 물어?"
"저보다 많은 걸 보고 더 오래 사셨잖아요."
"그거랑 그거랑은 또 무슨 상관이야. 자기 인생 남이 말해서 무엇하나. 으흠, 저기 저 바둑판 보이죠? 쉽게 생각해서 우리가 저 바둑알이라고 보면 돼요. 우리는 비록 저 판에서 빠지는 순간 죽은 목숨이지만, 저 바둑판 안에 존재하는 경우의 수는 셀 수도 없을 만큼 많지요."

낯선 할아버지의 말 한마디가 내 머리를 '퉁-.' 하고 일깨웠다. 맞다. 어쩌면 우리는 태어나면서부터 세상의 규칙들에 따라야만 살아남을 수 있는 존재들이다. 한 차례에 한 번씩, 모든 선택이 아니라 그중 더 나은 선택이라고 생각하는 수를 두면서 포기하고 후회하고 그렇게 바둑판을 채워가고 있는 것이다. 그것은 슈퍼 컴퓨터조차 모두 헤아릴 수 없는 경우의 수다. 바둑은 빠른 연산 이외에 통찰력과 순발력, 그리고 직관과 논리적인 추론 능력을 필요로 하기 때문이다. 그러나 바둑판의 경우의 수는 우리가 인생에서 겪는 감정들과 사건들에 비하면 아무것도 아니다. 게다가 삶에서는 그 모든 것들과 함께 인내심과 창의력이 요구된다. 다시 말해 꿈을 꾸어야 인생을 살 수 있다. 누구도 내 꿈을 대신 꿀 수는 없는 노릇이다. 그것은 거창하고 위대한 것일 수도 있지만 아주 작고 소박한 목표일 수도 있다. 그렇기 때문에 고작 알파고가 이세돌에게 바둑을 몇 판 이겼다고 해서 기계가 인간을 뛰어넘었다고 말할 수는 없는 것이다. 꿈이란 프로그래밍 되는 것이 아니라 스스로 가지는 것이다. 그러니까 알파고에게 진정한 승리란 "다음 번엔 한 번도 지지 않을 거야." 하는 혼자만의 독백이 가능할 때의 이야기인 셈이다.

"바둑 한판 두실까요, 할아버지?"
"바둑? 허허, 나 바둑 못 둬. 오목이나 두세."
우리는 삶이라는 바둑판 위에 놓인 작은 바둑알이다. 누구도 그 가능성을 감히 헤아릴 수조차 없다. 우리의 미래는 무한하다.

예쁜 집

타인의 삶을 평가하는 것은 어렵지 않아요.
그건 말 그대로 다른 사람의 삶이니까요.
멀찌감치 떨어져서 차분히 들여다볼 수 있을 테니까요.

남들의 복잡한 속사정에는 빠삭한 우리들
정작 자신의 간단한 감정들에 허덕이지는 않았던가요.

삶이라는 복잡한 바둑판 위에서
구경꾼이 아닌 직접 바둑알이 되어보는 일,
그때가 되면 최선의 수 대신
바보 같은 결정을 내릴 수도 있는걸요.

내 삶을 어떻게 위에서 아래로 내려다볼 수 있을까요.
내 두 발이 바로 여기 이곳에 있는데.

그러니 누군가의 바보 같은 선택도
때로는 그럴 만한 이유가 있었다고
해서 함부로 훈수를 둘 수는 없는 노릇이라고
본인 이외에 그 누구도
스스로의 삶을 비웃을 자격은 없지 않냐고

우리는 모두 삶이라는 판 위에 놓인 작은 바둑알인걸요.
저마다의 예쁜 집을 짓고 살기를 바랄 따름이지요.

여전히 1월 2일
나에게도 아버지가 있었으면

친구 놈은 또 지각이었다. 이번엔 어떤 변명이 기다리고 있을지 궁금했다. 생각해보면 거짓말도 창의력이 있어야 한다. 21세기는 창의력의 시대라고 하건만, 내 친구의 능력을 알아주는 곳은 그리 많지 않다.

"연수! 미안 미안, 아니 글쎄 분명히 나는 일찍 나왔는데 지하철이 지각을 해서 말이야."

왼쪽 눈꼬리를 살짝 올리고 말하는 것과 지나치게 내 눈을 응시하는 것을 보아하니, 필시 거짓말이었다. 숨을 헐떡거리는 소리가 조금 과장된 것으로 보아 그것마저 거짓임이 틀림없었다.

"거짓말."

"오! 역시, 어떻게 알았냐."

"네가 맥주 사라."

"아니, 5분 지각했다고 그런 가혹한 책임을 미루는 것이 당최 가당키나 한가요, 서 작가님?"

"우리 상황을 좀 봐. 나는 백수, 그리고 너는 공무원 준비생. 준비라도 하고 있는 사람이 더 잘된 사람이지, 음 그렇고 말고."

언제나 그렇듯 우리의 대화는 누가 더 불행한지에 대한 주장으로 이어졌다. 그러나 이번에는 내가 이길 거라 확신했다. 줄곧 친구의 말주변에 속수무책으로 내가 더 행복한 사람이 되었지만, 이번에야말로 이길 자신이 있었다. 일단 우리는 맥주를 마실 마땅한 곳으로 걸음을 옮기면서 놀이를 계속 이어 나갔다.

"나는 나이 서른한 살에 아직도 준비만 하고 있지만, 너는 어떠냐! 그래도 어엿한 작가님에, 책도 몇 권 내셨고 말이야. 살면서 책을 한 권이라도 내고 싶은 사람이 얼마나 많은데, 너는 그것을 이루었네, 글쎄! 친구야, 네 옆에 있는 내가 참 작아 보이는구나."

"친구, 네가 작아 보이는 건 실제로 내 키가 더 크기 때문이야. 그렇다고 해도 괜찮아. 너에겐 내게 없는 것이 있잖아. 집에 가면 어머니 아버지께서 늘 따뜻한 밥을 해주시고, 네가 공부에 전념할 수 있도록 무한한 사랑을 베풀어주시고 말이야."

"첫째, 어머니 아버지께서 나를 사랑해주시는 것은 맞지만 애석하게도 그 사실과 내 키는 무관해. 나는 키도 작고, 7급 공무원에 네 번 떨어진 서른한 살 외아들이야. 부모님을 모시고 살아야 한다고. 둘째, 너는 내가 그렇게 되고 싶어도 못 된 공무원이 떡하고 되어버린 늠름한 동생이 있잖아. 나는 너보다 불행해."

"나는 대학을 못 나왔어. 그렇게 공부가 하고 싶었고, 심지어 너보다 공부도 잘했는데 말이야. 너는 나보다 머리도 나쁘면서 대학을 나왔어. 나는 고졸에 무직, 그리고 가족이라곤 남동생이 전부인 외로운 서른한 살 맏형이야. 모범이 되기는커녕 동생에게 가끔 용돈도 받는다고."

여기까지는 평소 우리가 되풀이했던 레퍼토리와 별반 다르지 않았다. 승부는 그때부터였다.

"우리 아빠 명예퇴직 하신대. 그 말인즉, 이제 나에 대한 지원도 마지막이라는 거야. 엄마 배 속에서 따뜻하게 아기 캥거루로 지내던 시절도 끝이야. 이제 나는 정말로 어른이 되어야만 해."

친구의 아버지는 꽤 잘나가는 기업에서 근무하셨다. 덕분에 친구는 부족함 없이 자랐고, 그 때문에 남들보다 조금 덜 노력했지만 더 많은 것을 가질 수 있었다. 그런데 이제 더 이상 그런 편법이 통하지 않을 거라는 삶의 불호령이 떨어진 것이다.

"근데 너희 아버지 아직 퇴직하기엔 젊으시잖아."

친구의 아버지가 회사의 구조 조정 때문에 실업자가 되었다. 그가 직장에서 마지막으로 한 일은 정리 해고 명단을 작성하는 일이었는데, 마침내 더 이상 퇴직 권고 명단 속에 누군가의 이름을 써넣을 자신이 없어지자 스스로 자신의 이름을 적었다고 한다.

나는 친구에게 말했다.

"그건 용기와 긍지가 없으면 감히 시도할 수 없는 일이야. 요즘 같은 세상에 그보다 더 명예로운 퇴직은 없을 거야. 한 집안의 가장으로서도, 한 명의 남자로서도, 그건 아직까지 우리가 감히 상상도 할 수 없을 만큼 힘든 일이었을 테지. 이번엔 네가 아버지를 믿어줄 차례라고 생각해."

"그럼, 서 작가 오늘도 내가 더 불행한 건가?"

친구의 얼굴에 미소가 번졌다. 당최 그 속을 알 수가 없는 녀석이다. 맨 정신으로 말하리라고는 미처 생각 못 했지만 어쩔 수 없었다.

"나 암이래, 머릿속에 말이야. 이미 여러 군데로 퍼졌대. 그러니까 친구, 내가 곧 죽는대."

말이 끝나기 무섭게 친구의 얼굴에서 웃음기가 사라졌다. 사뭇 상기된 표정으로 무언가 큰 결심을 하는 듯하더니 내게 말했다.

"오늘 술은 내가 살게. 그러니 불행하다고 생각하지 마, 친구."

우리는 "이 땅 위의 아버지들을 위하여, 그들의 신념을 위하여!"라고 외치며 건배했다. 맥주를 한 모금 들이키자 그런 생각이 들었다. 내게도 아버지가 있으면 좋겠다는 생각. 우리 아빠는 누굴까. 왜 내게는 아빠도 엄마도 없는 걸까. 그날 술값은 정말로 친구 놈이 내 몫까지 계산해주었다. 살다가 보니 참, 이런 날도 있다. 나는 비록 시한부 인생을 살고 있지만, 생각해보면 굳이 불행하다고 말할 것도 없다. 그저 견디기 힘들 만큼 불안할 뿐이다. 우리는 가끔 불안과 불행을 혼동한다. 그러나 죽음이라는 결론에 가까워질수록 새삼 깨닫게 된다. 삶은 끝이 있기에 더욱 아름답다는 것.

슬픔이 있기에 행복이 있고 불안으로 인해 위안이 있다. 불완전함이야말로 실은 가장 완벽한 균형이리라. 장미꽃에 가시가 있다 하여 그 곁에 향기가 없는 것은 아닌 것처럼 오늘의 삶이 몹시 권태롭다 할지라도 그 속 어딘가에서는 희망이란 싹이 외로움을 먹고 자란다.

친구에게

정말로 행복한 사람들은 이미 놓았거나 앞으로 미련 없이 놓을 예정인 사람들인 것 같아. 지키고 싶은 것이 많다는 사실은 그만큼 잃어버릴지도 모를 것들을 가득 품고 있다는 말과 같으니까.

속 시원하게 놓을 수 있는 사람이라 해서 후회를 모르는 것은 아닐 거야. 그저 간절하게 지켜야 할 무언가에 대한 나름의 깨달음을 얻은 사람들이겠지. 그건 어찌 보면 현명하고 달리 보면 안쓰러운 일일 거야.

어떤 것들은 놓아버려도 충분히 괜찮고 행복할 수 있을 것 같은데, 그러면서도 막상 다가오면 차마 놓을 수가 없어. 때때로 삶이란 그래서 참 어려운 일인 것 같아. 절실히 깨달아도 행동으로 옮기기엔 참 힘든 일 투성이니까.

"그날 제가 정말로 생을 마감했다면 사람들은 짐짓 그렇게 생각했겠죠. 어린 시절 어머니에게 버림받은 상처로 인해 우울증을 겪었던 불쌍한 소녀는 어른이 되어서도 그 아픔을 이겨내지 못한 채 스스로 죽음을 택했을 거라고 말이에요. 그런데 말이죠, 문제는 그게 아니에요. 엄마로부터 버림받은 일은 제가 살아오면서 겪을 수많은 아픔 중에서 시작에 불과했던 거예요. 제가 고아원에서 지내며 품었던 유일한 꿈은 행복한 가정을 이루는 것이었어요. 그래서 저는 생각했죠. 가족이 없는 슬픔과 가난으로부터 벗어나 꿈을 실현시킬 수 있는 방법은 열심히 공부하고 노력해서 좋은 직장에 다니며 괜찮은 수입을 얻는 것뿐이라고 말이에요. 저는 지극히 평범하고 현실적인 노선을 택했어요. 그런데 그거 알아요? 평범한 삶이라고 생각하는 것들을 이루고 지켜 나가기 위해선 설명할 수 없을 만큼 지독한 피로와 불합리한 상황들을 견뎌내야만 한다는 사실 말이에요. 저는 뒤늦게 그 사실을 깨달았어요. 아니, 살아가면서 차근차근 경험하고야 말았죠.

있잖아요, 사랑이란 감정이 그 사람의 배경이나 주변 상황들과 완전히 무관한 오로지 그 사람 자체에 대한 것이라고 확신할 수 있나요? 아니요, 그 모든 것은 나라는 존재를 설명하는 근거로 작용하고야 말아요. 그러니까 사람들은 태어날 때부터 이미 불합리함과 불공평을 자산으로 가지게 되는 거죠. 인간이 개인으로 살지 못하고 무리를 짓고, 끝내는 사회라는 틀 속에 스스로를 끼워 맞추게 된 이유를 생각해본 적이 있나요? 그것은 태어날 때부터 우리가 가질 수밖에 없는, 결코 개인의 힘으로는 뛰어넘을 수 없는 그 차이를 배려해주기 위함이었어요.

물론, 때로는 희망이란 걸 믿어보기도 했죠. 내가 이 사회에 속한 이상 내게 주어진 변수들 속에서도 나의 책임을 다하면, 어쩔 수 없이 내가 떠안아야 했던 그 차이들을 극복할 수 있는 여지와 기회들이 분명 나를 찾아올 거라고 말이죠. 그러다 마침내는, 마침내는 깨달았던 거죠. 내가 마지막으로 믿어보려 했던 그 사회라는 것이, 이제는 그 차이를 유지하기 위해 존재하는 허울뿐인 껍데기란 사실을 말이죠. 우리는 모두 속고 있어요. 어쩌면 모르는 것이 속 편한, 시선이 닿지 않는 그 이면의 일들, 그것들을 알

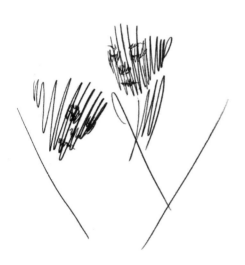

게 된 후로는 모든 것에 무기력해요. 당신도 느껴봤잖아요? 이 모든 거짓 속에서 벗어날 유일한 비상구, 저로서는 선을 긋는 일이 최선인걸요."

빈방에서 나는 서연우에게 내가 죽음을 택한 합리적 이유에 대해 설명했다. 그러나 서연우는 대답이 없었다. 그가 건네는 무언의 답변과 맞닿은 시선에 더 이상 이야기를 이어갈 수 없었다.

시계는 새벽 3시를 가리켰다. 서연우는 내 어깨에 기대어 일정한 숨을 뱉어내고 있었다. 아기처럼 맑고 작은 그의 숨소리가 시계바늘 소리보다는 나를 조금 더 위로하고 있는 듯했다. 아주 잠시, 이대로 있어도 좋을 것 같았다. 달리 당장 무엇을 해야 하는지 떠오르지 않은 탓이기도. 우리는 이 야속한 시간의 흐름 속에서 어디를 향하고 있을까.

생각에 잠겨 있다 보니, 어느덧 새로운 새벽이 차오르고 있었다. 바닥과 공기에 찬 기운이 가득했다. 이제는 자유를 찾으러 가야 할 시간, 꿈속에서 나는 이따금씩 날아오르는 꿈을 꾼다. 지면에서부터 수직으로 날아오르는 꿈, 이 무거운 삶의 무게로부터 벗어나 나를 끌어당기는 중력으로부터 정반대의 방향으로 나아가는 꿈. 나는 늘 꿈속의 나를 동경했다. 살아가다 보면 언젠가는 반대로 꿈속의 내가 현실의 나를 동경하는 순간이 올까 하는 기대를 품기도 했지만, 그냥 차라리 이 현실이 꿈이기를 바라는 편이 더 현실적인 듯했다. 식은땀을 흘리며 화들짝 놀라 깨어서는 정말이지 가슴 아픈 악몽을 꾸었다고, 찬물로 세수를 하며 거울 속의 나에게 이 모든 것이 단지 한여름 밤의 꿈이었다고, 이제는 다 괜찮다고 말해주고 싶다.

창을 통해 스며든 빛이 땅을 기어 다니다 어느새 우리 몸을 더듬었다. 눈이 부셨다. 서연우는 깜짝 놀라 잠에서 깼다. 내 어깨에 기댄 그의 얼굴이 떨어지고 나서야 나는 움직일 수 있었다. 그것이 내가 그에게 느낀 고마움에 대한 최선의 보답이었다.

"이곳은 안전하지 못해요."

"입에 침이나 좀 닦고 말하세요."

나는 옷장을 열었다. 온통 무채색이었다. 아끼는 회색 스웨터와 검정 코트를 꺼내 입었다. 거울 속의 나는 그제야 색을 입은 것 같았다. 사람에게는 저마다 어울리는 색이 있고 모양이 있다. 그것은 유행에 따라 바뀌지 않는 것이다. 말하자면 그 사람이라는 고유의 분위기, 화장으로 보탤 수도 없으며 억지로 꾸며낼 수도 없는 것. 단순하고 튀지 않으며 입었을 때 불편한 기색이 없는 옷, 나에겐 짙은 무채색이 꼭 그렇다.

"당신 어머니의 동의가 없으면, 그들은 결코 당신을 가두어둘 수 없어요."

"그 어머니란 사람이 내 인생의 열쇠를 지니고 있다는 것만큼 비참한 사실도 없군요."

"어머니는 당신을 진심으로 사랑해요. 그 사실엔 어떠한 거짓도 없어요."

"내게 타인의 진심을 강요하지 말아요. 가끔은 진심이란 것에도 오류가 있지 않을까요? 우리는 사람이니까 말이에요."

"도시에서 멀리 떠나고 싶다면 지낼 곳을 마련해줄 수 있어요. 우리 할머니 집이지만 돌아가신 뒤로는 아무도 살지 않았어요."

"그 누구에게도 내가 그곳으로 떠났다고 말하지 않는다고 약속해요."

"걱정 말아요. 당신을 혼자 보낼 생각은 없으니까요. 준비하고 나와요."

도시를 벗어난다는 말 한마디에 나는 마냥 들떴
다. 그렇지만 내색하고 싶지 않아서 최대한 인색한 표정을 지었
다. 목적지를 말하지 않고 우리는 조용히 걸었다. 남자치고는 좁
은 보폭, 따라가기가 어렵지 않았다. 서연우는 그랬다. 처음 만났
다고 해도 불편하지 않을 정도로, 과하지 않고 말과 행동이 점잖
은 사람이었다. 한마디로 그는 바보같이 착했다. 어찌 보면 세상
을 바보같이 살아가는 것만큼 큰 용기도 없다는 생각이 들었다.
　"KTX를 타고 마산까지 간 다음, 거기서 버스를 타고 통영으로
갈 거예요. 그리고 다시 배를 타고 비진도라는 섬으로 들어가면,
그곳이 우리 할머니 집이에요. 형과 저는 그곳에서 자랐어요."
　"그래요."
　생각해보니 바다를 본 지가 언제인지 기억조차 나지 않는다. 기

차역으로 가는 중 골목길 모퉁이에서 울음소리가 들렸다. 강아지 소리였다. 나는 서연우의 옷자락을 당겼다.

"잠시, 저기를 좀 둘러보고 가야 할 것 같아요."

서연우는 그제야 그 울음소리를 알아차렸다. 그는 조금 놀란 표정으로 고개를 끄덕였다. 전봇대 옆 작은 박스에 강아지 한 마리가 묶여 있었다. 눈가에 눈물이 가득했다. 어딘가 슬픈 표정이었다. 불안에 떨고 있었고, 자꾸만 어딘가를 응시하며 서글픈 울음소리를 뱉어냈다. 어리다고 하기에는 조금 큰 몸집이었고 늙었다고 하기에는 건강해 보였다. 박스에는 대충 찢은 종이에 또박또박 예쁜 글씨로 적은 메시지가 들어 있었다.

안락사 좀 부탁해요.

그 글자와 마주한 순간, 우리는 잠시 동안 멍하니 서 있을 수밖에 없었다. 죄책감이라거나 한 줌의 연민이라고는 찾아볼 수 없는 인간의 잔인함이 선명하게 그려져 있었기 때문이다.

"이 아이는 제가 데려가야 할 것 같아요. 큰길로 나가기 전에 동물 병원이 하나 있어요. 잠시 들렀다가 가도 되죠?"

"설마 안락사 시킬 마음은 아닌 거죠?"

"뭔가 크게 착각하나 본데, 제가 원하는 죽음은 스스로 결정하는 거지 누군가가 결론을 정해놓은 것이 아니에요. 그건 사람뿐

185

아니라 동물에게도 마찬가지예요. 이 아이 얼굴을 보고도 지금 그런 말이 나와요?"

"혹시나 해서 물어본 거예요. 역시 당신은 좋은 사람이군요."

누군가에게 좋은 사람이란 말을 들어본 기억이 있던가. 잘 떠오르지 않는다. 어쩌면 처음인지도 모른다. 우리는 강아지를 데리고 동물 병원에 갔다. 간단한 검사를 했고, 수의사는 주사를 놓으며 말했다.

"건강해요. 근데, 약간의 우울증이 있는 것 같아요. 평소에 강아지가 혼자 있는 시간이 많나요? 이 녀석들도 사람들과 똑같이 감정을 느껴요. 외로워하고 주인을 보고 싶어 해요."

나는 새 목줄을 사서 녀석에게 걸어주었다. 아직 내 손이 익숙지 않은 녀석을 온전히 목적지까지 데려가기 위해 강아지를 캐리어로 옮겨야만 했다.

'잠시만 거기 들어가 있으렴. 마음껏 뛰어놀 수 있는 곳으로 데려가줄게.'

나는 강아지의 눈을 보며 속삭였다. 동물 병원을 나오려는 순간, 벽에 걸린 포스터 하나가 시선을 잡아끌었다.

반려동물은 소유물이 아니라 우리의 가족입니다.
1. 제 수명은 10년에서 15년 정도밖에 되지 않아요. 그러니, 신중하게 저를 입양해주세요. 당신은 저를 잊어도

저는 당신을 잊을 수 없어요.

2. 당신이 바라는 것을 이해하기까지 제게도 시간이 필요합니다.

3. 저를 믿어주는 당신이 있다는 것만으로 제게는 큰 행복입니다.

4. 제가 잘못하면 저를 꾸짖으셔도 좋아요. 다만 그 모든 것이 우리가 공존하기 위한 과정일 경우에 말이에요.

5. 저를 너무 오랫동안 방치하지는 말아주세요. 가끔은 제게도 당신의 시간을 허락해주세요.

6. 제게 너무 심한 말을 하지 말아주세요. 당신의 목소리, 발자국 소리, 숨소리 하나하나까지 저는 당신을 느낄 수가 있어요.

7. 제가 나이가 들어도 함께할 수 있다면, 저는 충성을 다하겠습니다. 제 꿈은 당신 곁에서 나이 들어가는 것입니다.

8. 혹시라도 화가 나서 저를 때리려거든 이것 하나만 생각해주세요. 제게는 날카로운 이빨이 있지만 저는 당신에게 상처를 줄 의도는 없습니다. 그것이 누군가에게 상처를 주는 경우는 오직, 당신을 지키기 위한 때입니다.

9. 죽음이 다가올 때, 제 곁을 지켜주세요. 저를 쓰다듬어주세요. 처음 우리가 만났던 때처럼 말이에요.

10. 약속해줄래요? 우리는 좋은 친구가 될 수 있을 것 같은 기분이 들어요.

'당신은 저를 잊어도 저는 당신을 잊을 수 없어요.'

속으로 따라 읽어보았다. 보면 볼수록 아픈 말이다. 나와 서연우는 한때 버려졌던 강아지 한 마리와 함께 통영 바닷가로 향하는 기차에 올랐다. 그곳에는 과연 내가 원하는 자유가 있을까, 혹은 그날 나를 구한 사람이 누구인지에 대한 실마리가 있을까. 이 작은 강아지는 지금 주인을 그리워하고 있을까. 버려졌음에도 불구하고 여전히 그들을 사랑하고 있을까.

'애야, 너는 왜 버려졌니?'

강아지의 크고 맑은 두 눈을 보며 물어보았지만 아무런 대답이 없었다. 순종이 아니어서였을까, 아니면.대소변을 가리지 못해서였을까, 그것도 아니면 단순한 인간의 변심 때문일까.

"아무래도 이 아이에게 새로운 이름이 필요할 것 같아요."

　　여진이와 함께 병원으로 향하는 길이었다. 부쩍
기운이 없어진 내게 여진이는 다시 한 번 치료를 권했다. 아니,
함께 가야만 한다고 나를 잡아끌었다. 더는 미루지 못해 못 이기
는 척 병원으로 향했다. 사실 여진이는 무작정 나를 달랜 것이 아
니라 미리 병원 진료를 예약해놓았다고 했다. 어떨 때 보면 소름
끼칠 만큼 치밀한 구석이 있다.

　진료 시간이 가까워져서 급하게 지하철에 올라야만 했다. 그런
데 그때 갑자기 어지러움이 찾아왔다. 여진이는 간신히 지하철에
올랐고, 나는 머리를 붙잡고 가만히 그 뒷모습을 바라볼 뿐이었
다. 뒤늦게 그녀가 그 사실을 깨달았을 때 이미 문은 굳게 닫혀버

렸다. 닫힌 지하철 문을 사이에 두고서 작은 창을 통해 우리는 말 없이 서로를 마주 보았다. 그리고 이내 지하철이 움직였다. 나는 최대한 간결하고 명확하게 이야기했다.

"여기에 그대로 있을게!"

다행스럽게도 내 목소리가 그녀에게 닿았다. 그녀는 고개를 끄덕였고 나는 빈자리에 주저앉아 거친 숨을 내쉬었다. 여진이는 너무 늦지 않게 내게로 다시 돌아왔다. 떠나는 열차를 바라보며 남겨진 내가 할 수 있는 일은 가만히 그녀를 기다리는 일, 지레짐작해서 멋대로 행동하는 것이 아니라 그녀가 꼭 돌아온다고 믿어주는 일뿐이었다. 늘 감싸주려고만 했었다. 내가 문제를 해결해주려고만 했었고, 그녀를 곤경에 빠뜨리지 않으려고 애쓰기 바빴다. 그냥, 기다려주기만 했어도 되는데 말이다. 때로는 스스로 해결하는 방법을 찾게끔 가만히 지켜봐주는 것만으로 충분한 법인데.

우리는 그렇게 조금씩 사랑을 알아가는 중이다. 무엇이 정답인지는 잘 모르겠지만, 때로는 위기에 부딪히기도 하겠지만, 가끔은 서로에게 기대고, 또 언젠가는 비를 함께 맞아주는 동반자가 되기도 했다가 문득, 근거 없는 자신감으로 여기에 그대로 있어도 되는 것이다. 다시 내게 돌아온 그녀는 자기를 따라 하라고 했다. 손으로 가슴을 다독거리며 "괜찮아, 괜찮을 거야." 하고 속삭였다. 그저 가슴을 몇 번 두드리고 괜찮을 거란 말 한마디를 해주었을 뿐인데, 정말이지 한결 몸이 가벼워지는 기분이었다.

생각해보면 행복도 셀프다. 자유롭게 느낄 수 있지만 누가 대신 해줄 수는 없는 노릇이다. 자리에서 일어나 몇 걸음 걷고 빈 그릇에 단무지를 조금 옮기는 일만큼이나 간단명료하다. 결국 늘 곁에 있지만, 누가 대신 떠먹여주지는 못한다. 행복해지는 것도 행복하지 않다고 느끼는 것도 모두 그저 나의 자유다. 누구도 강요하진 않지만, 혹시나 권해주는 이가 있다면 굳이 마다하지 않았으면 좋겠다. 나의 삶은 절반을 지나 결말을 향해 한 걸음씩 다가서고 있다. 조금 두렵지만 도망치진 않을 것이다. 지금, 내 옆에는 그녀라는 행복이 있으니까.

당신, 곁

생각해보면 그때 내가 사랑한 사람
맑고 화창한 햇살은 물론
빗속에서 몸과 마음이 다 젖었어도
끝내 내 곁을 지켜주던 사람이었다.

내가 서 있는 상황과 위치에 관계없이
나와 함께 있어줄 수 있는 사람.
당신 곁에는 언제나 우리가 있었다.

3부

결과가 끝내 이별이라 하여도

사랑했던 그날의 우리들이

눈 녹듯 사라지는 것은 아니다.

"미로가 멀미를 너무 많이 해요."

"네? 미로? 혹시 그 강아지 이름인가요? 꽤나 고양이 같은 이름이네요."

"그렇다면 제대로 보신 거예요. 실은 '슈뢰딩거의 고양이'라는 과학 이론에서 따온 이름이거든요. 슈뢰딩거가 양자역학의 원리를 설명하기 위해 고안한 이론이죠."

"들어본 적이 있는 것도 같은데…. 하필이면 왜 그 많은 과학 이론들 중에서 슈뢰딩거의 고양이인지 물어봐도 될까요?"

"어쩌면 우주 만물에 운명이란 것이 존재할 수도 있다는 생각을 했어요. 슈뢰딩거는 밀폐된 상자 속에 독극물과 함께 있는 고양이가 생존할 수 있는가를 두고 양자역학의 원리를 설명했어요. 거기엔 두 가지의 가능성이 있는데 바로 고양이가 살았느냐,

죽었느냐 하는 거예요. 그런데 공교롭게도 두 가지 가능성에 빼놓을 수 없는 공통점이 있어요. 결과를 알기 위해선 상자를 열어야만 한다는 것이죠. 재미있지 않아요? 상자를 여는 순간 단순히 가능성일 뿐이었던 확률의 법칙은 드디어 의미를 가지게 돼요. 그런 생각을 했어요. 제가 안고 있는 이 강아지 또한 우리가 상자를 열었을 때 비로소 의미를 가지게 되었다고 말이에요. 어찌 보면 의미라는 것은 복잡한 미로 같아요. 길을 찾고, 길을 헤매는 과정에서 느낄 수 있는 것이니까요. 그래서 미로라고 불러주려고요. 우리는 이 아이에 대해서 잘 모르니까, 왠지 모를 비밀을 간직한 존재잖아요. 이 아이의 가족이 되어주고 싶어요."

"양자역학에다 확률의 법칙까지, 저로서는 솔직히 어려워서 이해하기 힘들지만, 어찌 되었든 노란빛을 띄는 미로가 당신을 만나서 참 다행이라는 생각이 드네요."

통영에 내려서 다시 배를 타야 했다. 날씨는 봄처럼 따뜻했지만, 일렁이는 파도 때문인지 날씨 때문인지 미로는 연신 뱃멀미를 했다. 딱히 해줄 수 있는 것이 없어 머리를 쓰다듬어주었다. 서연우가 어릴 적 살았던 동네에는 지금도 집이 몇 채 없었다. 마을 사람들은 그를 보자마자 웃으며 반겨주었다. 대부분 나를 그와 결혼할 여자로 착각했는데, 그는 연신 아니라고 그저 잠시 머물다 갈 친구일 뿐이라며 손을 저었다. 얼굴이 빨개지는 것을 보니, 그럴 땐 그도 꼭 어린애 같았다.

"그래도 동네분들이 간간이 청소를 해주셔서 겨우 이렇게 모양 새는 유지하고 있는 집이에요. 불편하더라도 이만큼 조용한 곳은 없을 거예요."

"마음에 들어요."

고요했다. 도시에서는 들을 수 없었던 정겨운 소리들로 가득했다. 짐을 풀고 미로와 함께 주변 산책에 나섰다. 한 시간도 안 되어 마을을 다 둘러볼 수 있을 만큼 작은 섬이었지만, 어떤 소문도 어떤 소음도 없이 파도 소리만 경쾌하게 부서질 뿐이었다. 시계를 볼 필요도 없었다. 해가 지면 눈을 감으면 되고 새벽을 깨우는 닭 울음소리가 들리면 하루를 시작하면 된다. 그뿐이었다. 우리는 저녁 식사로 고구마를 먹었다.

"다시 돌아가봐야 하는 거 아니에요?"

"병가를 내서 며칠은 더 머물 수 있어요. 저는 괜찮으니 걱정 안 해주셔도 돼요."

걱정, 어쩌면 정말로 그를 걱정했을 수도 있다. 과연 내게 누군가를 걱정할 만한 여유가 있는지도 의문이지만, 그 대상이 서연우라는 것 또한 놀랄 일이었다.

"어느 날 그 사람이 내게 메시지를 보냈어요. 자기는 삶이 너무 공허해서 그만 태초의 시작으로 돌아가야겠다고 말했어요. 처음 엔 그게 무슨 말인지 몰랐는데, 곧이어 사진을 보내왔어요. 난간에 걸터앉아 있는 사진. 그를 살려야겠다고 생각했지만 도무지 어떤 말을 해야 할지 생각이 나질 않아서 망설였어요. 글자를 썼다가 지웠다가 그렇게 몇 분을 허비했고, 그 사이에 그는 뛰어내려 버렸어요."

"진언 씨라는 분, 그럼 그때…."

"네. 어쩌면 제가 그때 망설이지만 않았다면, 무슨 말을 해야 할지 고민하지 않고 떠오르는 진심들을 마구 쏟아낼 수 있었다면, 뛰어내리지 않았을지도 모르죠. 제가 처음으로 좋아한 사람에게 저는 아무런 도움도 되어주지 못했어요."

"어떤 사람이었어요?"

진언. 그는 과묵했지만 표현에 서툰 사람은 아니었다. 섬세했고 웃는 모습이 예뻤다. 실험실에서 우리는 많은 대화를 나눴다. 가

정사에서부터 살면서 겪어온 크고 작은 사건들에 이르기까지. 그에게 태어나 처음으로 엄마에게서 버림받았다는 사실을 고백했다. 그때 그 사람은 나를 안아주며 도무지 잊을 수 없는 말을 남겼다.

'그건 전부 당신 탓이 아니에요. 그것들은 정말로 당신 잘못이 아니에요.'

그가 내게 그 말을 해주기 전까지 나는 내 삶이 정말로 내 잘못 때문에 이렇게까지 위태로워졌다고 생각했다. 내가 어딘가 부족해서라고 생각했다. 그런데 그에게 나는 아무런 위로도 되지 못했다. 왜 그가 뛰어내려야만 했는지, 삶을 그렇게 급히 끝내버린 이유조차 모른 채 그를 떠나 보내야 했다. 내 삶의 유일한 안식처가 되어주었던 사람에게 나는 아무런 위안도 될 수 없었던 것이다.

공허하다는 것은 무엇일까. 글쎄, 잘 모르겠지만 나는 지금 공허하다. 그것은 가질 수 없는 것을 가지고 싶은 것일까, 혹은 사랑할 수 없는 것을 사랑하는 것일까. 가슴에 크고 넓은 구멍이 나 버린 것 같은데, 머릿속은 온통 일련의 생각들로 가득 차 있다. 도무지 무엇이 현실이고 무엇이 꿈이었는지 알 방법이 없다. 사람의 마음은 늘 무언가를 갈망한다. 하지만 그 무엇도 사실은 내가 원하던 것이 아니었음을 깨닫는 순간, 와르르 무너져 내리는 것은 나인가, 나의 철없는 욕망인가.

공허하다는 말로 이 마음을 채울 수 있다면 한숨이 이만큼이나

짙어질 이유 또한 없었겠지. 답은 없고 물음만 쏟아지는 밤, 불현
듯 하늘에는 별이 참 많기도 많다.

1월 20일, D-39
나의 처음이자 마지막 파마머리여, 안녕

여진이는 병실에 예쁜 화분을 하나 놓아주었다.
아직 싹이 나지도 않았고 나는 이 속에 어떤 씨앗이 들어 있는지
도 모른다. 함께 병원을 찾은 이후 시간이 훨씬 더 빠르게 흘러가
는 기분이다. 나는 약물 치료를 받기로 했다. 처음엔 그녀의 행복
을 위한 일이었지만, 어찌 보면 그것은 우리 모두를 위한 길이기
도 했다. 어찌 되었든 마지막까지 최선을 다하는 모습을 보여주
고 싶었다. 나에게도, 내가 사랑하는 사람들에게도. 그건 어쩌면
다 죽어가는 마당에 화분을 키우는 일과도 같다. 부질없는 것일
수도 있고, 꽤나 의미 있는 일이 될 수도 있다.

 가장 아쉬웠던 것은 난생처음으로 해본, 마음에 들었던 파마머

리와 영영 이별해야 한다는 것이었다. 나는 그 영광스러운 일을 여진이에게 맡겼다. 그녀는 씩씩하게 역할을 수행했고, 내게 짙은 주황색 모자를 선물주었다. 그녀가 직접 뜨개질한 솜씨였다.

조금 전 양치를 하기 위해 칫솔에 치약을 짰다. 그때 갑작스럽게 찾아온 서러움과 불안감이 나를 덮치고야 말았다. 내 몸은 손목에 온 힘을 집중해야만 겨우 칫솔에 치약을 짜낼 수 있을 정도로 약해져 있었다. 어쩌면 D-DAY가 오기도 전에 생을 마감할지도 모른다는 두려움에 휩싸였다. 가끔 일기를 쓰면서 손에 감각이 느껴지지 않을 때가 있다. 그리고 간혹 사람들의 말을 잘 이해하지 못할 때가 있다. 물속에서 소리를 들으려 하는 것처럼 느껴진다. 주변에 혼재하는 소음들과 언어들이 경계에 부딪히며 일으킨 파문이 어지럽게 내 몸을 휘젓는다.

특히 잠들기 전에 나는 잔뜩 상기되어 눈을 감는다. 마지막 밤이 될까 봐 긴장하면서 몸을 웅크리고 지나온 삶들을 되돌아본다. 마치 한 권의 소설을 퇴고하기라도 하는 듯이, 나의 삶을 이루고 있던 크고 작은 사건들로 돌아가서 그때의 내가 되어보는 것이다. 이 슬픈 소설의 결말은 어떻게 끝이 날까 고민하면서, 아직은 조금 이르다고 나지막이 속삭이며 잠에 빠진다. 그리고 다시 찾아오는 아침, 햇살이 내 몸을 어루만지며 따스함을 불어넣을 때 나는 감았던 눈을 뜨고 설렘 가득한 마음으로 세상을 향해 시선을 흩뿌린다. 그리고 깨달았다. 나의 시야가 조금씩, 좁아지고 있다는 사실을. 작고 예쁜 여진이의 손으로 한 뼘 정도의 시야가 그렇게 매일 밤 나의 시선에서부터 벗어나고 있다는 사실을 말이다.

병원에선 시신경이 가장 먼저 제 기능을 상실할 거라고 했다. 내 경우에도 그런 것 같았다. 이렇게 조금씩, 이렇게 하나씩 몸의 기능과 신경들을 잃어가다 결국엔 한 번도 멈춘 적이 없었던 심장이 멈추게 되겠지. 오늘 의사로부터 흥미로운 말을 들었다. 심장이 멈춰도 사람은 아주 잠시, 살아 있다는 것이었다. 심장이 그 기능을 잃어도 마지막까지 청각은 조금 더 현실을 버텨보기 위해 애쓴다는 것이다. 그리하여 사람은 심장이 멈춘 뒤에도 마지막 순간에 사람들의 눈물과 위로가 스며드는 것을 미약하게나마 느끼면서 생을 마감할 수 있다. 그 사실을 깨닫게 되었을 때, 나는 두려웠지만 설렜다. 내가 죽은 뒤에 사람들은 내게 어떤 말을 건네어줄까. 나는 그들에게 좋은 가족, 좋은 친구, 좋은 사람이었을까. 부디, 그랬으면 좋겠다.

감정 수집가의 기록물

우리가 함께한 순간들을 고이 접어둔다. 현실이란 페이지를 접어두는 순간 그것은 잊지 못할 추억이 된다. 나를 행복하게 했던 순간만큼은 결단코 타인에게 양도할 수 없다. 단순한 사실의 기록이 아닌 섬세하고 정교한 감정의 기록은 유일무이하기에 더욱 그럴 것이다.

세상에서 오직 하나뿐인 행복의 순간을 당신과 나누어 가질 수 있다는 것, 앞으로 우리에게 어떤 일이 다가오든, 얼마만큼의 슬픔이 찾아오든, 그때의 우리는 찬란하고 아름다웠으며 무엇보다 진심으로 서로를 바라보았다는 것. 그 기억 하나로 어쩌면 때때로 우리에게 찾아올 힘들고 가슴 아픈 순간도 버티며 다시 일어날 수 있는 용기를 가질 수 있지 않을까.

내가 감정을 기록하는 이유는 그런 의미인 것이다. 어쩌면 다시는 겪어보지 못할, 다시는 표현할 수가 없는 것들을 조금이라도 더 곁에 두고 싶은 본능 같은 것. 당신은 지금까지 내가 써왔던 그 어떤 단어들보다도 나를 가장 잘 이해하는 사람이었다.

당신을 내 삶에 기록함으로 인해 나의 시간들은 충분한 의미를 가진다. 이미 나는 꿈을 이룬 셈이다.

새벽에 눈을 떠서 마당으로 나오니 담벼락 너머로 넓은 바다가 한눈에 들어왔다. 잔잔한 파도 위로 햇살이 내려앉으며 연신 맑은 공기를 내뿜었다. 나는 상쾌하게 기지개를 켰고, 삐걱삐걱 소리를 내는 오래된 툇마루에 앉아 담배에 불을 붙여 힘껏 빨아 당겼다. 공기 좋은 어느 외딴섬에서 공복에 담배 한 개비를 피운 뒤, 세수도 하지 않은 채로 동네 아침 산책을 나섰다. 그 소식을 어떻게 알았는지 멀리서 미로가 쫄래쫄래 내 뒤를 따라온다. 우리는 수평선과 나란히 걸었다. 길이 울퉁불퉁하고 간간이 풀숲을 헤치며 걸어야 했지만, 자동차 경적 소리나 신호등 같은 방해물 없이 고요하게 걸음을 옮길 수 있었다. 어느덧 백사장이다. 바다는 에메랄드 빛이었다. 투명한 물결이 이루 말할 수 없이 순수해 보였다. 파도가 내 발목에 얇은 띠를 만들었다. 차가워서 그만 한 걸음 물러설 수밖에 없었다. 내가 남긴 발자국이 조금씩 지워져 간다. 미로도 이곳이 썩 마음에 드는 모양이다. 노란 털옷을 입은 미로가 뛰어다니는 모습이 마치 노랑나비 한 마리가 바다 위를 자유롭게 날아다니는 것 같다. 시계바늘은 4시 16분을 가리켰다. 아직 해가 뜨기에는 조금 이른 시간, 나는 미로를 끌어안고 조그맣게 속삭였다.

"언제까지나 너를 잊지 않을게."

그러다 바다를 보면서 문득 이런 생각이 들었다.

'사람은 무엇으로 이루어져 있을까?'

내가 배운 대로라면 인간의 몸에서는 산소, 탄소, 수소, 질소 이렇게 네 가지 원소가 90퍼센트 이상의 비율을 차지한다. 그리고 나머지 10퍼센트 미만은 칼슘, 인, 마그네슘, 염소 등 극히 미량의 원소들로 다양하게 구성되어 있다. 나는 거기서 의문이 들었다. 실제로 그 원소들을 모두 모아서 아무리 잘 배열한다고 해도 결코 그것이 인간이 되지는 않는다. 무엇이 부족한 것일까. 인간을 이루고 있는 것들은 무엇일까. 답을 알고 싶다. 나를 알고 싶다.

"당신의 어머니 말이에요. 당신을 버린 게 아니에요."

동이 트기도 전에 서연우의 말이 겨울 파도보다 차갑게 내 가슴을 덮는다.

"제가 누누이 말했죠? 제게 그녀에 대한 이해를 강요하지 말라고 말이에요."

"당신을 고아원에 맡기는 것이 그녀가 할 수 있었던 유일한 사랑의 방식은 아니었을까요?"

"가난해서 저를 버려야만 했다는 변명을 하려는 건가요?"

"아니요. 어쩌면 당신은 어머니를 많이 닮았어요. 외모뿐만이 아니라 생각하는 사고방식까지 말이에요. 그녀는 심사숙고하며 고민해본 겁니다. 제대로 된 교육의 기회조차 줄 수 없는 자신이 언제까지나 당신의 행복을 좌지우지할 수는 없는 노릇이니까요. 그래서 선택한 것이 성당에 딸린 보육원에 당신을 두고 가는 것이었죠. 왜냐하면 그곳에서는 적어도 최소한의 인간다운 삶은 보장될 수 있으니까요."

"그러니까, 일종의 기회비용이란 건가요? 어린 딸에게서 엄마를 빼앗아 간 대신 잠잘 곳과 교육받을 기회를 줬다는 거예요?"

나는 한참을 웃었다. 미로의 목줄을 놓아 마음껏 뛰놀게 한 뒤 나도 백사장을 달리는 작은 강아지처럼 멈추지 않고 웃고 또 웃었다.

"언제나 외로움은 내 삶의 가장 큰 원동력이었어요. 그것이 오늘의 나를 이룬 대부분의 감정이라 해도 과언이 아니죠. 반대로 엄마의 원동력은 무엇이었을까요? 나에 대한 미안함과 그리움이었을까요? 글쎄요, 잘 모르겠어요. 제가 과연 그녀를 용서할 수 있을지."

"오늘은 거기까지면 충분할 것 같아요. 누군가에 대한 원망과 그리움을 하루아침에 모조리 해소할 수는 없으니까요. 어쩌면 아주 오랜 시간이 걸릴 수도 있고, 끝내 그녀를 용서할 수 없을지도 몰라요. 저는 용서, 그걸 강요하고 싶은 게 아니에요. 그저 이 세상에 우리로서는 어쩔 수 없는 일들이 너무나 많다는 사실이 서글플 뿐인 거예요."

그와 나 사이에 있는 공기가 무거워진다. 내가 '용서'라는 단어 속에서 한참을 헤매고 있을 때, 그의 말 한마디가 내게는 깜깜한 어둠의 바다에서 희미하게 일렁이는 작은 등대의 불빛 같았다.

"누군가를 용서하지 못하는 이유는, 어쩌면 자기 스스로를 용서할 자신이 없기 때문인지도 몰라요."

병원에 입원하기 전, 나는 시간이 날 때마다 서울 시내 도서관 곳곳을 돌아다니며 내가 좋아하는 책 속에 시 한 편씩을 꽂아두었다. 그냥, 어떤 특별한 이유가 있었다기보다는 그 책을 읽으려는 사람들에게 우연한 경험을 선사하고 싶었다고나 할까. 우연의 힘은 실로 놀랍다. 아주 작은 생각 하나가 때로는 사람의 인생을 완전히 변화시키기도 한다. 가끔은 우연에 기대보는 것도 삶을 살아가는 지혜 중 하나가 아닐까. '오늘은 왠지⋯.' 하고 근거 없는 설렘에 나를 밀어 넣어보는 것도 즐겁고 행복한 삶의 방식일 수 있을 테니.

창을 통해 새어 든 빛이 화분 위로 쏟아진다. 나는 그 텅 빈 공허함 속에 한 줌의 시선과 물을 뿌려주었다. 실은 누구도 나무에게 꽃을 피워야 한다고, 비를 머금어야 한다고, 싹을 틔워야 한다고 가르친 적이 없다. 그럼에도 세상 모든 식물은 자연스레 볕으로 고개를 돌리고 뿌리로 비를 안음으로써, 꽃으로 살아 있음을 말하지 않던가. 누가 알려줘서 깨달은 것이 아니다. 그저, 우리가 살아 있기 때문에 조금씩 깨우쳐가는 것일 뿐. 사려 깊은 햇살도, 보드라운 빗소리도, 결국 살고자 노력하는 이에게 스며들기 마련이다.

처음엔 여진이에게 꽃을 주는 일을 망설였다. 세상에 존재하는 모든 것은 시간이 지나면 고개를 숙이고, 아울러 우리를 둘러싼 많은 것들도 시간 앞에서 잎을 떨궈야만 하기 때문이었다. 내겐 그것을 감당해낼 자신이 없었다. 누구도 시간을 되감으며 오늘에만 머물 수는 없는 노릇이니까. 그래서 망설였다. 꽃을 좋아하는 그녀에게 그것을 선물하는 일이 꽃잎 또한 마른 그리움으로 흩어지고야 만다는 사실을 전하는 일이 될까 봐서. 그러다 우연히 꽃이 지는 계절에 당신이 웃는 모습을 보았을 때, 내 안에서 이루 말할 수 없는 용기가 피어나는 것을 느꼈다. 꽃은 시들어가기 때문에 아름다운 거였다. 인간이 나이를 머금고 삶에 스며드는 것처럼 지금 이 순간이 기억 속으로 흩어지며 추억으로 빛바랠 때, 우리의 사랑은 기약 없는 싹을 틔우는 셈이었던 것이다.

이별을 할 때 사람들은 사랑이 얼마나 가슴 아픈 일인가에 대해 생각한다. 사랑에 빠진 순간 이 세상이 얼마나 찬란했는지에 대해서는 잊어버린 채. 사랑에서 결과가 전부라면, 모든 사랑은 슬픈 로맨스로 국한되어버릴 터. 결국엔 끝을 넘어서는 것이 사랑이 아닌가. 분명히 사랑을 하던 순간, 우리는 아름다웠다. 진실로 서로를 대했고, 짧은 시간이었지만 서로는 상대가 누릴 수 있는 모든 세상이었다. 결과가 끝내 이별이라 하여도 사랑했던 그날의 우리들이 눈 녹듯 사라지는 것은 아니다. 그러니 두렵다 하여도 조금 더 내 마음을 믿어보는 것이 좋지 않을까. 비록 우리는 영원할 수 없지만, 어쩌면 영원이란 찰나의 순간이 피워낸 끝내 지지 않을 소박한 여운인지도 모르지.

아직 해가 지기도 전인데, 여진이가 병실로 찾아왔다.

"같이 점심 먹으려고 왔어."

"비엔나 커피 먹고 싶어. 우리가 좋아하는 그 카페에서."

"저녁에 퇴근하고 오는 길에 사올게. 더 필요한 건 없어?"

"괜찮아. 그거면 충분해."

그러고서 나는 속으로 생각했다. 딱 한마디만 더 한다면 '아무것도 보태지 않아도 좋아. 그저 당신이란 사람, 그게 나를 가득 채워주니까.'라고 말하고 싶었다. 카페에 앉아 수더분한 농담과 함께 그 커피를, 당신을 가득 머금고 싶었다.

눈이 녹으면

빙하가 녹는다고 해수면이 상승하는 것은 아니래요.
그것 참, 다행스러운 일인 것 같아요.
언젠가 그대가 눈 녹듯 사라질까 봐
당신 생각에 잠겨 숨이 턱, 막혀버릴까 봐
많이 두려웠거든요.

숨을 참고 물속에 깊이 잠겨도
심장이 멈추는 것은 아닌 것처럼
당신은 여전히 내 안에 살아요.
비가 오나, 눈이 오나, 내 안에 있어요.

서연우의 집은 과거에 머물러 있는 듯했다. 시간의 영역에서 약간 벗어나 있는 듯한 기분이 들었다. 미로는 마당에서 살랑살랑 연신 꼬리를 흔들어대고 있다. 나는 눈을 맞추고 텔레파시를 보낸다.

'너는 상대성 이론에 대해 아니?'

아무것도 모른다는 표정으로 고개를 갸우뚱거리는 녀석을 보고 있으면 마음이 그저 편안해진다.

'너는 버려진 게 아니야. 그냥 진정한 자유를 얻은 거라고 생각해. 이제야 네가 있을 곳을 찾아온 거라고 생각하렴.'

나는 녀석의 머리를 쓰다듬어주었다.

생각이 많아질 때면 매번 느끼는 거지만, 참 그때는 무슨 생각으로 그런 말과 그런 행동들을 했는지 이유를 알지 못할 때가 많다. 더 나이가 들면 나조차도 오늘의 나를 이해하지 못하는 순간이 올 테지. 날씨가 조금 따뜻해지니 뼛속을 비집고 스며들던 겨울의 찬 바람이 어떤 느낌인지 잘 떠오르지 않는다. 고작 며칠 전의 날씨가 왜 그렇게 매서웠는지도 이해하지 못하고서 오늘을 살아간다. 언젠가에 내리던 눈은 누군가에겐 첫눈의 설레는 사랑이었고, 또 누군가에겐 흩날리는 이별의 아련한 실루엣이었겠지.

다만 그리워할 수 있는 시간이 있다는 것은 좋은 일이다. 지금 내가 느끼고 있는 감정들, 어제의 내가 없었다면 모두 존재할 수조차 없는 것일 테니까. 찬물로 세수를 하다가 갑작스럽게 차오르는 서글픔 같은 것들이야말로 우리가 살아 있다는 확실한 증거나 다름없다.

나는 얼굴에 남은 물기를 수건으로 닦으며 거울 속의 나와 눈을 맞췄다. 그날 너를 구한 사람은 누구였냐고, 오늘의 네가 아직 살아 있는 이유는 도대체 어떤 미련이 남았기 때문이냐고, 내게 물음을 건네다 나는 문득 하나의 가설을 떠올렸다.

방 안에는 나 혼자였고, 그 방의 비밀번호를 알고 있는 사람 역시 내가 유일했다. 그날 그 시각, 내가 그곳에 있다는 것을 알고 있는 사람은 아무도 없었다. 휴대폰의 전화 기록은 단 하나였다. 서연우가 조금만 늦게 도착했어도 나는 죽음을 맞이하게 되었을 것이다. 그는 나를 병원으로 옮겼지만, 내 방 안에 누군가 강제로 들어온 흔적은 남아 있지 않았다. 그렇다면 오직, 하나의 가능성만 남는다. 나는 거울을 들여다보고 숨을 깊이 들이마셨다. 차가운 병실에서 늘 상상해오던 한마디, 자유로울 권리를 방해한 사람에게 꼭 전해주리라 다짐했던 한마디를 조용히 읊었다.

"당신은 무례한 사람이야."

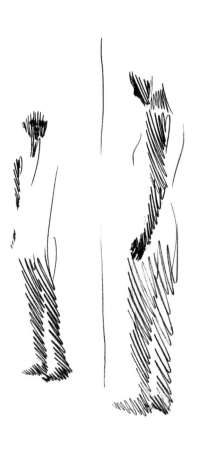

인생은 나를 포함하는 방정식이다. 내게 주어진 주변의 값이 무엇이든 내가 달라지면 결과는 변한다. 나의 자유를 막고 있던 결정적 한 사람은 다름 아닌 바로 나, 결국 나는 스스로를 죽음으로 내몰다 스스로 그것을 만류하기에 이르렀다. 나는 그 사실을 이제야 깨달은 것일까, 아니면 지금껏 인정하지 않으려 도망치기 바빴던 것일까.

머리를 채 말릴 겨를도 없이 서연우에게로 달려갔다.

"저는 수학을 좋아했어요. 아무리 복잡한 계산이라고 해도, 늘 자신 있었어요. 내가 풀어야 할 문제는 단 하나의 답을 가지고 있었기 때문이에요. 내 인생은 꼭 정답이어야만 했어요. 답이 있다고 집착했던 거죠. 그래서 지금까지는 인생이 '항등식'이라고 생각했어요. 그런 눈으로 세상을 바라보고 살았어요. 그리고 거기에서 바로 오류를 범한 거예요. 나라는 존재에 대한 해석이 포함되지 않았던 거죠. 그러니까 내 인생을 풀이하는 증명에 정작 내가 빠져 있었던 거예요. 내게 필요했던 건 마법 같은 공식이 아니라, 나에 대한 이해였어요.

그동안 나라는 존재는 외로움이라는 몫에 고정되어 있었을 뿐이에요. 단지 나를 둘러싼 세상을 변수로 설정해두었을 뿐이죠. 이제야 깨달았어요. 인생이라는 '방정식'에서는 나 또한 변수에 포함되는 거예요. 그러니까 내가 'x'인 것이고, 나를 둘러싼 그 밖의 모든 것들, 즉 'y'가 무엇이든 내가 어떻게 변하느냐에 따라 이 식은 참이 될 수도 있고 거짓이 될 수도 있었던 거예요. 인생은 항등식이 아니라 방정식이었어요. 늘 참이어야만 하는 게 아니라, 때로는 거짓이 되기도 하고 때로는 진실일 수도 있는 수많은 가능성이었던 것뿐이에요. 그렇다면, 아무리 세상이 어두워도 내가 스스로 빛이 될 수 있다면, 지독하게 어두웠던 내 삶에서도 길을 찾을 수 있다는 뜻인가요? 가르쳐줘요. 답을 알고 싶어요."

"네? 그러니까 항등식이랑 방정식이… 변수가…."

서연우는 양치질을 하다 말고 어안이 벙벙한 표정으로 나를 바라봤다.

"그날 밤, 그 방에는 아무도 없었어요. 단 한 명을 제외하면 말이에요. 휴대폰에 남아 있는 통화 기록은 단 하나, 누군가 흔적도 없이 내 방으로 들어오려면 비밀번호를 알아야만 하고, 그 비밀번호를 아는 사람 역시 세상에 단 한 명뿐이죠. 이혜원, 바로 나."

서연우의 얼굴에 옅은 미소가 번졌다. 이 순간을 줄곧 기다려온 듯한 표정이었다.

"혜원 씨, 무슨 말을 그렇게 어렵게 해요. 맞아요. 역시 당신은 포기할 줄을 모르는군요. 지금까지 당신이 애써 포기하지 않고 살아왔다는 사실 자체로, 당신은 충분한 답을 알고 있다고 생각해요. 아무리 현실이 어둡다 할지라도, 혼자라는 말이 지극히 당연했을 때에도 당신은 잘해왔어요. 본인은 지금껏 인정하지 않았고 미처 깨닫지 못했지만, 당신은 진실하게 세상을 살고 있었던 거예요. 삶을 포기하려 했던 것도, 그것을 다시금 살고자 하는 의지로 되돌려놓았던 것도, 그 누구도 아닌 바로 당신이었어요. 마음속의 소리들에 귀를 기울여보세요."

나는 언제나 혼자였다. 키가 아주 작았을 때도, 첫 번째 월경을 경험했을 때도, 장학금을 받고 대학에 입학한 뒤에도 나는 늘 혼자였고 혼자여야만 했다. 마음이 맞는 친구도, 나를 이해해주는 가족도 없었다. 하루 종일 아무 말도 하지 않아서 입에서 단내가 날 정도였으니까. 그냥 내가 직면하고 있는 모든 것이 부질없게 느껴졌다. 영양가 없는 빈껍데기 수업들은 전공에 대한 흥미를 잃게 했고, 어떤 과제나 시험도 그저 성적을 나누기 위한 기준이 될 뿐 나를 성장시켜줄 계기가 되지는 못했다. 나는 늘 알고 싶었다. 나에 대해서 그러나 한 번도 나를 깊이 들여다보지는 않았던 것이다. 겁이 나서, 이혜원이라는 사람이 틀렸을까 봐. 그녀의 삶이 오답이라는 결론을 얻게 될까 봐. 나는 주변의 것들로 나를 포장하려 했지만 그 무엇도 나를 대변할 수는 없었다. 나에게 있어 홀로서기는 오래된 수학적 가설들을 스스로 증명해보는 것이었고, 흥미로운 물리학 실험 과정을 직접 반복해보는 것이었다. 나는 완벽하게 단절된 세계에서 살았다.

진언 씨를 만나기 전까지, 그를 좋아하게 되기 전까지는 그랬다. 누군가를 좋아한다는 그 낯선 감정을 처음 알게 되었을 때, 내 안에서는 그동안 존재하지 않았던 생각들이 뿌리를 뻗고 싹을 틔웠다. 타인을 이해하고 싶었다. 그를 지키고 싶었다. 그와 함께 시간을 공유하고 싶었다. 사랑을 말하고 싶었다. 이렇게나 후회할 줄 알았다면, 그때 망설이지 말고 따뜻한 말 한마디 건네어줄 것을. 가지 말라고, 내 곁에 있어 달라고, 당신을 좋아한다고, 당신을 이해하고 싶다고, 내가 당신이 되고 싶다고, 하나의 불순물도 거짓도 없는 고백을 전해줄걸 그랬다. 시간이 꽤나 흘렀다. 그리고 결국 깨닫고 말았다. 어쩌면 운명이었거나, 혹은 아주 우연한 생각으로부터 시작된 것일 수도 있다. 나는 첫돌을 지난 이후로 줄곧 혼자서 서 있을 수 있었다. 나는 이미 오래전부터 삶의 방정식을 성립시킬 수 있었다. 혼자서 걸음을 옮길 수 있었던 그때 그 순간 이후 나는 이 깨달음으로 직접 다가갈 수 있었으나,

바보같이 나를 들여다보지 못하고 다른 사람들의 걸음만 종종 쫓았던 것이다. 나와 세상의 경계에서 짙은 선을 그었던 그 순간 나는 스스로 인정해버린 것이다. 달도 없던 그 밤에, 나는 전화기를 붙잡고 고백하고야 말았던 것이다. 아직까지 나를 포기하고 싶지

않다는 사실을, 아직 결론에 도달하기에는 조금 이르다는 사실을 말이다.

"살고 싶어요. 평범하게 행복하게, 그저 나라는 사람으로 살게 해주세요. 도와주세요."

2월 24일, D-4
소유하지 않고 지키는 법

　　　　이제는 당신을 소등해야 할 시간, 이별에도 예방
접종 같은 것이 있다면 좋겠다. 나를 위해서가 아니라 남겨질 사
람들을 위해서. 시야에 상이 맺히지 않은 지 며칠이 지났다. 이제
는 스스로 화장실도 가지 못하겠다. 여기까지가 내 한계인가.

　나는 열심히 노력했고, 남은 시간을 솔직하게 기록했다. 비록
결말에 이르러서는 성실하게 남길 수가 없지만. 펜을 잡을 수 있
을 만큼 손목의 힘을 유지할 수가 없고, 채워야 할 여백을 제대로
바라볼 수가 없다. 어떨 땐 추상화처럼 마구 휘갈겨 쓸 수밖에 없
지만 나는 그때 내가 쓴 시가 가장 마음에 든다.

시時를 쓰러 왔다가 시時가 되어 돌아가는 삶. 나는 시를 완성하고 싶었지만, 그것을 완성하는 데 가장 필수적인 요소는 여운이었다. 내 삶의 그 수많은 허점과 공허함이, 그토록 나를 아프게 했던 뼈아픈 사색의 시간이 결국 내 시를 완성한 하염없는 독백이었음을 깨닫는 순간, 나는 아직 새싹이 차오르지 않은 빈 화분을 바라보며 조용히 눈물을 흘렸다. 죽음에 이르러 가장 허망한 사실이 있다면 내가 그렇게나 가지고 싶어 했던 수많은 것들을 아무것도 가져갈 수가 없다는 것이다.

삶이란 더 많이 소유하는 것이 아니라, 소유하지 않고 지키는 방법을 깨닫는 과정이었다. 내가 드디어 소유하지 않고 지키는 법을 깨달았을 때 나는 더 이상 그것을 위해 안간힘을 짜내야 할 필요가 없다는 사실을 알게 되었다. 가지지 않고 지킬 수 있는 방법은 정말로 단순하고 명료했다. 그냥, '사랑'하면 될 일이다. 대가 같은 것 없이도 내 마음을 표현하는 것만으로 설레면 될 일이다. 내가 당신을 무려 '사랑하고 있다.'라고 자랑스럽게 가슴에 새겨놓으면 될 일이다. '사랑한다.'라는 그 말이 언젠가 '사랑했었다.'로 흐려져갈 때에도 진심으로 떳떳하면 될 일이다. 가지려 하지 않고 이해하려 하면 될 일이다. 불현듯 후회하지 말고 때때로 참 좋은 시절로 추억하면 될 일이다. 그래도 그리운 날엔 구태여 참지 말고 충분히 울면서 그리워하면 될 일이다. 노력하지 않아도 정말이지 어쩔 수가 없이 사랑은, 우리로 하여금 소유하지 않고 지키는 것을 가능하게 한다. 부서질 듯 위태로운 집착이 아니라 부디 어엿한 사랑을 하면 그걸로 되는 일이다.

　그렇기 때문에 누구나 사랑을 할 수 있지만 아무나 사랑할 수 있는 것은 아니다. 오직, 사랑만이 소유하지 않고 지키는 것을 가능하게 한다. 나는 모든 것들에게 그런 마음이었으면 좋겠다. 대답 없는 화분에서 꽃이 피어나길 바라는 마음으로 시선을 건네주면 좋겠다. 꽃에게 물을 주는 마음으로 세상을 바라봤다면 아마도 많은 것들이 달라졌을 것이다. 분명하게 변한 것은 없다고 해도 은은한 꽃향기라도 남았을 것이다.

점

내가 살고 있는 별에서
나는 단지 아주 작은 점이다
나는 섬이다
나는 마침표였다

더 나아질 것도
더 나아갈 일도 없다고
그렇게 결말로 치닫던 때에
나는 나와 닮은 누군가를 만났다

실은 그 사람 또한 작은 점이었으리라
우리는 어깨를 마주하고 걸었다
이제는 끝이라고 말하는 점 두 개가 나란히 걸었다

그리하여 우리는 끝나지 않을 수 있었다
마침표 두 개가 모여
영원히 지지 않는 여운이 되었다

2월 27일, D-1
나를 기억해줘

반대편에서 여진이가 물었다.

"어디까지 가게?"

"글쎄, 계속 가보자. 이렇게 마주 보면서."

때로는 옆이 아니라 반대편에서 서로를 바라봐야 할 때도 있다. 그간 보지 못했던, 너무 가까워서 조금씩 놓치고 있었던 작은 것들을 반대편에 서서, 약간은 멀어져서 바라봐야 할 때도 있는 법이다. 우리는 분명히 변했다. 달라졌다. 몇 번의 크리스마스를 맞이하는 동안 나이가 변했고, 위치가 변했고, 몸무게와 삶에 대한 가치관까지 변했다. 우리를 이루고 있는 것들은 시간이 지나면서 대부분 변해가기 마련이다. 서로에 대한 마음도, 물론 조금씩은 달라졌다. 아마 수줍어서 그녀의 눈을 쳐다보지 못한다거나, 못

내 아쉬워 버스 정류장에서 한참을 헤어지지 못했던 감정은 쉽사리 다시 느끼지 못할 것이다. 그건 그때 그 순간에만 느낄 수 있는 고유한 감정이기 때문이다.

반대로 분명 변하지 않은 것도 있다. 우리의 마음속에는 여전히 그녀와 나만이 이해할 수 있고 안아줄 수 있는 영역이 있다는 것, 그리 생각하면 결국 본질은 무엇 하나 변하지 않았다는 것, 내가 그녀를 사랑하고 그녀 또한 나를 사랑하고 있다는 믿음. 앞으로도 우리의 겉모습은 계속해서 변해갈 것이다. 그럼에도 미래가 두렵지 않은 까닭은 서로를 생각하는 우리의 본질은 여전할 것이라는 진심 때문이다. 변화를 두려워하지 않고 마땅히 믿어야할 것을 지킬 수 있는 용기, 진심에 이유 같은 것은 중요하지 않다. 그 자체로 아름다운 것이 진심일 뿐이다. D-DAY를 겨우 하루 남겨두고 나는 다짐을 했다. 오래도록 여진이를 사랑할 거라고 말이다. 어쩌면 그 '오래도록'이란 단어에는 결말이 없는 것일지도 모른다. 마침표가 아니라 쉼표를 찍어가며, 우리는 계속해서 오늘을 사랑하고 내일을 기대해보려 한다.

휠체어에 앉아 그녀와 나란히 산책을 하고 다시 병실로 돌아왔다. 침상에 누워 나는 여진이에게 말했다.

"여진아, 무서워."

"괜찮아, 연수야. 내가 여기에 있어."

"여진아, 내일이면 딱 100일이야. 이제 나 죽어."

"세상에 정해진 건 아무것도 없어. 스스로 한계를 단정 지으려 하지 마. 연수야, 포기하지 마. 나를 위해서, 너를 믿어주는 사람들을 위해서, 너 자신을 위해서."

"여진아, 이제는 솔직히 네 얼굴이 잘 보이지 않아. 네가 지금 어떤 표정을 짓고 있는지도 더는 알아차릴 수 없다는 말이야."

"기억해. 굳이 나를 눈으로 볼 필요는 없잖아. 자, 손 이리 내봐."

여진이는 그 언젠가에 그랬던 것처럼 내 손등을 가볍게 다독여 주었다. 그제야 나는 비로소 숨이 차오르는 것을 느낄 수 있었다.

감은 눈 사이로 찬란한 여명이 떠오르는 듯한 환상을 겪기도 하고, 지금의 이 시간들이 꿈인지 혹은 현실인지 혼란스럽기도 하다. 혀의 감각은 조금씩 무뎌지고 있고, 더는 오른 손아귀에 힘이 들어가지 않는다. 간혹 여진이의 향기가 느껴질 때를 제외하고는 정신이 몹시 몽롱하다. 드디어 때가 다가오고 있는 것은 아닌가 하는 생각이 들면, 자연스럽게 눈을 감고 지나온 삶들을 퇴고한다. 비록 후회와 미련이 가득했던 삶이지만, 진심으로 써 내려갔고, 마지막까지 나의 시선으로 따뜻한 갈무리를 해주고 싶다.

파블로 네루다는 말했다. "우리는 단지 질문만 하다 사라질 뿐."이라고. 어찌 보면 정말로 그렇다. 이 세상에서 우리가 확실하게 대답할 수 있는 것들이 얼마나 될까. 모두 어렴풋이 떠올려본 것들이며, 지금까지의 경험과 지식으로 겨우 가늠해볼 뿐이다. 명백하게 우리는 마지막 순간까지 '나'라는 존재에 대해 알지 못한 채로 떠난다. 태어나면서부터 줄곧 함께였으나 아니, 하나였으나 그 누구도 자기 자신이 정확히 누구인지 모른 채로 이 희미한 세상으로부터 옅게 한 획을 그어가는 것이다. 생生은 오로지 질문으로 이루어져 있을 뿐이다. 그리하여 우리의 삶이란 곳곳에 편재해 있을지도 모르는 대답의 조각들을 찾아 나서는 긴 여행과도 같다.

삶은 다소 복잡한 퍼즐이다. 동시에 그 누구도 자신의 본래 모습과 마주친 적이 없기에, 흩어져 있는 모든 퍼즐 조각을 다 모았다고 스스로에 대해서 마냥 확신할 수도 없다. 묻다가 묻다가, 물음이 방법이었다가 조금씩 목적 그 자체가 되는 삶, 그 속에서는 모두가 완벽하지 못한 존재다. 불완전함이 이룬 최고의 걸작은 오직 '나'라는 존재. 두려워 말고 묻다가 묻다가 끝까지 물고 늘어지다 보면, 언젠가 빈칸으로 남았던 나의 공허함도 끝내는 아름다운 의미로 채울 수 있진 않을까.

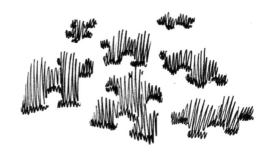

우리는 모두 각자의 불온함이 있기에 완벽해질 가능성을 지닌, 평범하고 외로운 지극히 보통의 존재일 뿐이다.

꽃

그 어디에도 가시가 없는 장미는 없다 하였다
나의 삶, 이리도 아프고 서러운 데에는
지나온 시간 곳곳에 가시가 서려 있기 때문이리라
그리하여 내가 곧, 피어날 꽃이라는 예언이었을 뿐이다

그 사실을 인정하기까지
나의 이 모든 외로움들
내가 가진 가시였음을 깨닫게 되기까지
나는 얼마나 많은 밤, 더듬더듬
숱한 가시들에 상처 입고 눈물을 흘려야만 했나

인생이란 아름다운 것이다
그리하여 상처를 모르는 아름다움이란 존재하지 않는 것이다

"침묵으로 말하자면, 가장 친한 제 삶의 동반자
예요. 그 느낌에 익숙해지는 순간, 많은 것들로부터 해방되는 기
분을 느껴요. 만약 완전한 침묵이 죽음이라면, 다시 살고자 전화
를 걸었던 그날의 선택이 후회스러울지도 몰라요."

　"어쩌면 삶이라는 것은 후회와 함께 마주하고 있는 시간들이
아닌가 생각해요. 제가 삶을 끝내려 했던 그 순간 다시 살아날 의
지를 가지게 되었던 것처럼 인간이라면 누구든 스스로를 의심하
고, 동시에 자기 자신을 찾으려 애쓰는 과정을 반복하며 살아요.
그게 우리의 삶이에요."

　"아직 죽음이 이르다는 생각이 든 것은 분명해요. 그러나 그 사
실이 앞으로 줄곧 삶과 나 사이에 선을 긋지 않겠다는 뜻은 아니
에요. 다만 아직 확인해보고 싶은 것들이 남았을 뿐이에요. 제게

도 누군가를 용서할 수 있는 감정이란 것이 있을지, 그리고 지금 까지의 나를 이루고 있던 것들을 안아줄 자신이 있는지, 아직은 조금 더 확인해보고 싶을 뿐이에요."

"혜원 씨, 그러면 충분해요. 우리가 할 수 있는 최선은 정말이지 그거면 됐어요."

나는 그동안 가지고 있었던 일기장을 꺼내서 서연우에게 되돌려주었다. 마지막에 이르러선 빈 날짜들이 많아졌고 갈수록 글씨가 흐릿해져 갔다. 그가 남긴 기록의 외관만 보아도 서연수라는 인물의 아픔을 짐작할 수 있었다.

"일기장에는 D-1일 이후로 쭉 비어 있어요. 결국 그날을 넘기지 못한 건가요? 무례한 질문일 수도 있지만 알고 싶어요."

"형은 더 이상 일기를 쓸 수가 없었어요. 죽음에 이르러서는 바로 앞에 있는 사람의 얼굴도 제대로 알아보지 못했어요. 혀가 굳어서 그의 말을 제대로 알아듣는 것조차 힘들었죠. 그러나 분명하게 형이 우리를 인식하고 있다는 사실은 알 수 있었어요. 형의 눈이 줄곧 여진 씨를 향하고 있었거든요. 형은 그렇게 D-DAY를 맞이했어요. 우리는 그 전날 밤부터 줄곧 그와 함께 있어주었죠. 이른 새벽, 제가 눈을 떴을 때 형은 웃고 있었어요. 햇살이 부서지는 오후의 맑은 호수처럼 그의 눈망울은 선명하고 눈부시게 빛나고 있었어요."

죽음에 이르러 웃을 수 있는 마음이란 어떤 것일까. 내가 선을 그을 때 흘렸던 눈물과 서연수의 눈물은 분명 다른 의미를 가지고 있었을 것이다. 나는 행복에 겨워 흘리는 눈물에 대해선 겪어본 바가 없다. 그 감정이 정확히 어떤 것인지 추측하는 것조차 내게는 버겁다.

"그날 이후 형이 할 수 있는 건 눈을 깜빡이는 것뿐이었어요. 형은 자기 스스로 한계라고 생각했던 날을 지나 17일을 더 살았어요. D-DAY를 넘기고 몇 주간 더 눈으로 세상을 담았어요. 무엇이 그를 마지막까지 버티게 했는지는 정확히 알 수 없지만, 저는 그것이 사랑이었다고 생각해요. 사랑은 한계를 넘어서게 할 수 있는 유일한 힘이 아닐까요? 형은 그렇게 눈을 감았지만 저는 여전히 형을 기억해요. 그의 삶은 아직 끝나지 않았어요. 그를 기억하는 사람들이 있으니까요."

"어쨌든 당신에겐 고맙다는 말을 하고 싶어요."

"제 기억엔 혜원 씨가 처음으로 고맙다는 말을 한 것 같아요. 기분이 이상하네요."

"저는 딱 100일만 더 살아볼 거예요. 제 삶이 끝날 때쯤 저도 당신의 형처럼 행복에 겨운 눈물을 흘릴 수 있을지 없을지는 모르겠지만. 그 일기장 속의 문장들이 제게는 소설에나 나올 법한 것일 때도 있었지만, 때로는 누구보다 제 마음에 와 닿았던 적도 있었어요. 전에는 느낄 수 없었던 많은 감정들을 혹시라도 느끼게 된다면, 저도 조금씩 스스로의 한계점을 지나 남들처럼 평범한 삶을 살아갈 수 있을지도 모르죠."

"남들처럼 평범해지려고 노력할 필요 없어요. 혜원 씨, 당신은 그저 당신이라는 사람으로서 삶을 행복하게 살아갈 자격이 있어요."

"형이 제게 남긴 것은 그간 함께했던 기억과 일기장, 그리고 편지 한 통이 전부였어요. 형이 그리운 날이면 저는 그 편지를 소리 내어 읽어요. 몇몇 구절들은 이제 눈으로 보지 않아도 가슴에서 맴돌아요. 형을 생각하면 마음이 뭉클해져요. 가족이란 그런 거겠죠."

연우에게

동생아, 너를 생각하면 늘 미안함과 고마움이 동시에 떠오르는구나. 사랑하는 동생아, 나는 아직도 그날의 일을 잊을 수가 없어. 기어코 네가 스스로 생을 마감하려 했을 때, 그동안 품어왔던 나의 세계가 송두리째 무너지는 기분을 느꼈단다. 그건 네가 그런 결정을 택했기 때문이 아니라, 언젠가부터 너에게 내가 느낀 현실의 단상을 강요한 것은 아닌가 하는 부끄러움 때문이었어. 나는 어른이 되었다고 느낀 이후부터 네게 아버지가 되어주려 노력했었지. 어찌 생각해보면 그건 좀 우스운 일이기도 한데 말이야. 왜냐하면 나도 모르기 때문이야. 아버지라는 말이 무엇을 뜻하는지. 우리는 모르잖아. 한 번도 겪어본 적이 없으니까.

 어머니란 말 속에서 떠오르는 감정은 경험을 통하지 않아도 사뭇 이해되었지만, 유독 아버지에 대해선 잘 떠오르지가 않더구나. 그래서 나는 그렇게 믿어버렸어. 너에게 아버지가 되어주기로 했단다. 내가 조금이라도 더 먼저 느낀 생각이나 경험들을 향해 너를 밀어 붙이는 것이 그 역할이라고 믿어버렸던 거야. 내가 가지 못한 대학 문턱을 너는 꼭 밟게 해주고 싶었고, 내가 가질 수 없었던 안정적인 직업을 너는 꼭 갖게 해주고 싶었어. 그리고 우리가 어린 시절에 헤아릴 수 없었던 화목한 가족을 너만은 꼭 이루게 해주고 싶었단다.

 그런데 어두운 방 안에 쓰러져 있는 너를 안고 병원으로 뛰어가면서 나는 그제서야 깨달았어. 너에게 필요한 것은 대학도, 좋은 직업도, 아버지도 아닌, 바로 어린 시절부터 줄곧 외로움을 함께 나누어 가지던 좋은 형이라는 사실을 말이야. 어쩌면 나는 너에게 내가 가지지 못했던 것을 가지도록 짐을 떠넘겼을 뿐이더구나. 네가 다시 눈을 떴을 때, 나는 새로 태어났단다. 너로 인해 스스로 눈을 감아버린 것들을 다시금 바라볼 수가 있었던 모양이야. 할머니가 떠나고 우리는 세상의 모든 것을 경계해야만 했지. 연우야, 유일한 내 동생아. 우리는 평범함을 누리지 못하고 자랐지만 덕분에 서로에 대한 확신과 사랑을 키워갈 수 있었던 건 아닐까.

우리는 부족하게 자라서 서로에게 더 많이 의지해야만 했지. 덕분에 행복했단다. 너로 인해 가난을 견딜 수 있었고, 우리라는 이름으로 인해 갖은 어려움들을 넘어설 수 있었단다. 미안하고 고맙다. 동생아, 부디 삶을 나답게 살아가는 방법을 배워나가렴. 진실로 나다운 것은 타인의 시선을 필요로 하지 않는단다. 그렇기 때문에 '나'는, '나다운 것'은 아름다운 것이지. 자고로 아름다운 것은 있는 그대로 이미 충분한 법이란다. 너는 너의 길을 걸어라. 네가 걷는 길 위에 서 있는 것은 타인이 바라보는 네가 아니라, 그저 스스로도 빛나는 너 자신이기를 바란다.

종이가 너덜거릴 정도로 숱하게 읽어 내려간 그 편지를 부여잡고 서연우는 눈물을 흘렸다. 사람이라는 존재가 타인을 이해할 수 있을까? 자기 자신조차 제대로 알 수 없는데 말이다. 그럼에도 불구하고 나에겐 아직 조금 더 확인해보고 싶은 것들이 있다.

내가 잠시 누군가에게 느꼈던 사랑이라고 불리는 낯선 감정, 더불어 애틋함과 원망이 혼재하고 있는 그 무언가에 대한 그리운 마음까지도.

D-100. 인생이라는 방정식을 풀이하는 새로운 방법으로, 나는 일기라는 방식을 도입해보기로 다짐했다. 생각만 하고 지나쳐버렸거나 뱉어버린 뒤로 책임지지 않았던 그간의 순간들이 과연 모조리 의미 없는 것이었을까. 아직 확인해보고 싶은 것이 있다. 우리는 사랑이라는 가설에 대해 확실한 정의를 부여할 수 있을까. 과연 인간은 살아 있는 것을 통해 행복에 다가설 수 있을까. 끝내 나는 인생이라는 기묘하고 복잡한 방정식을 이해할 수 있을까. 나에게 살아 있음에 대한 책임을 전가해보기로 했다. 딱 100일만 더, 그리하여 언젠가는 이 그리움이 썩 괜찮은 시간이었다는 걸 증명하고 싶은 것이다.

　　연수가 떠난 지 약 한 달이 지났다. 눈을 감기 전
날 밤, 손가락 하나 까딱할 수 없었던 그가 마지막 안간힘으로 내
머리칼을 쓰다듬어주고, 내 손을 잡아주었다. 그리고는 언제 준
비한 것인지 침대에 엎드려 자고 있는 내 손에 예쁜 연보라색 매
니큐어를 발라주었다. 인기척을 느껴 잠에서 깨어보니, 연수가
나를 보고 활짝 웃고 있었다. 근육이 많이 굳은 탓에 또박또박 말
하지는 못했지만, 그는 짐짓 수줍어하며 서투른 입 모양으로 말
을 건네었다. 나는 그게 무슨 말인지 정확하게 알지는 못했지만
고개를 끄덕이며 그를 안아주었다. 우리 사이에 놓인 따뜻한 공
기와 그 조용한 침묵의 메시지가 내게는 충분한 위로가 되었다.
그리고 그는 떠났다. 심장이 멈춰도 사람의 청각은 잠시 그 기능

을 유지할 수 있다고 했던가. 나는 그의 뒷모습이 보이지 않을 때까지 차분히 속삭였다.

"연수야, 걱정 마. 혼자가 아니야. 내가, 우리가 여기에 있어."

밀려 있는 설거지를 하다가 문득, 그가 내 손끝에 남기고 간 연보라빛 마음에 시간이 스치고 간 흔적이 묻어 있음을 발견했다. 불완전한 모양으로 희미해져 가는 색이 지저분해 보일 수도 있겠지만, 내게는 연수가 남긴 소중한 선물이었다. 나는 색이 떨어져 나갔거나 씻겨 나갔다고 생각하지 않는다. 그저 조금씩 내 가슴에 스며들고 있을 뿐.

가끔씩 그가 보고 싶은 날이면 나는 편지를 쓴다. 나긋나긋한 불빛이 퍼지는 향초를 켜두고서 그가 있는 곳까지 그 마음들이 닿을 수 있도록 빈방에서 또박또박 읽어보기도 한다.

"당신의 그 맑은 눈은 언젠가의 나를 다독여요. 가끔 당신과 마주 보며 웃다가 웃다가 정말이지 아무 걱정 없이 웃다가 눈가에 눈물이 맺히곤 했던 기억이 나요. 아마 지난 어디쯤 내 얼어 있던 마음이 녹아서 이제 막, 세상 밖으로 쏟아지려 하는 탓이겠죠. 사실 나는 그게 참 좋았어요. 당신, 조금 서투르고 약간씩 덤벙대는 거 말이에요. 고마워요. 줄곧 나라는 사람 사랑해줘서. 정말이지 어떻게 보답을 해야 할지 몰라서 그냥 그 품에 안겨 펑펑, 하염없이 눈물을 흘릴까 봐요."

바쁜 하루를 보내는 와중에 덜컥 겁이 날 때가 있다. 내가 정말 더는 아무렇지 않게 되어버릴까 봐. 그를 떠올려도 아무렇지도 않은 내가 될까 봐서. 갑작스러운 두려움에 사로잡히고 나면 새벽이 나의 잠을 갉아먹는다. 사실 그가 떠난 뒤 하루도 편히 잠을 청해본 기억이 없다. 어쩌면 죄책감을 느끼고 있는지도 모른다. 그토록 사랑하는 사람을 보내고서, 그가 정말로 원했던 내일이란 단어 속에 이제는 나 홀로 존재하고 있음을 인정할 수 없는 마음인지도. 오늘도 내 기억의 사서함에는 그가 살고 있다.

오늘 거리를 걷다가 그리운 향을 맡았다. 연수의 향기. 문자로 '어디야?' 하고 묻고 싶었지만, 이제 더는 그에게 닿지 못할 것 같았다. 어쩌면 그곳에 정말로 당신이 머물렀거나 그리움이 내 후각에 착각을 일으켰을지도 모른다. 언젠가 그가 내게 말해주었다. 기억의 끝에서 마지막까지 남아 있는 매개체는 향기라고. 그 사람의 향은 과하지 않고 수더분했다. 차분하고 따뜻한 그의 품에서는 어디선가 어렴풋이 느껴본 듯한 향기가 났다. 그러다 오늘에 이르러서야 다시금 깨닫게 된 것이다. 꽃들이 만개하고 내리는 봄비에 촉촉이 젖어들 때, 바로 그곳에 당신이 머물러 있었구나. 온새미로, 무엇으로 가리거나 더하지 않은 그 맑은 미소에는 이렇게나 찬란한 계절을 머금고 있었구나. 한 인간의 향기라는 것은 쉽게 잊혀지지가 않는 법이구나. 문득, 궁금해졌다. 그에게 나는 어떤 향기를 전해주던 사람이었을까.

해가 지면서 노을이 붉어짐에 따라 내 그리움의 선도 짙어져 간다. 오늘도 집으로 향하는 걸음이 무겁다. 한 걸음 한 걸음이 똑똑, 기억의 문을 두드리는 소리 같다. 그가 당장이라도 내게로 달려와줄 수 있을 것만 같은 시간 속을 걷고 있다. 어느새 집 앞, 꾸역꾸역 미처 삼키지 못한 편지들이 사서함 가득 수북하게 쌓여 있는 것을 보았다. 주전자에 물을 올리고 각종 고지서들과 광고를 분류하다 문득, 익숙한 글씨가 눈에 들어왔다. 나는 그만 물이 끓기도 전에 눈물을 쏟고야 말았다. 연수였다. 그의 메시지는 어디에 머물러 있다 내게로 왔을까. 나는 가슴에 편지를 꽉 끌어안고 잠시 눈을 감았다. 여전히 그는 내 안에 있다. 따뜻한 차 한 잔을 내리고서 그의 편지를 열었다.

어진이에게

처음 너를 봤을 때, 너는 참 특별했어. 나는 그런 당신을 좋아했던 거야. 단지 외모가 아니라, 너로 인해 카페에 가득 차 있던 그 분위기를 사랑했던 거야. 나는 온통 무채색이었는데 너는 짙은 연보라빛이었어. 감히 보탤 수도 억지로 꾸며낼 수도 없는 분위기가 당신에겐 가득 차 있었지. 그날의 너는 그토록 찬란했던 거야. 나는 당신이라는 사람에게 물들 수밖에 없었어. 참, 따뜻했어, 너라는 사람. 마지막으로 부탁이 있어. 당신이라면 꼭 해낼 수 있을 것만 같은 생각이 들어. 단순한 내 욕심이 아니라, 이건 너에 대한 나의 믿음이자 꿈이기도 해.

여진아, 사랑을 포기하지 마.
내가 없어도 너는 꼭 다시, 사랑을 해보는 거야.
왜 그렇게 어깨가 축 쳐져 있어?
고개를 들고 활짝 웃어 봐.
봄이야.

나는 고개를 들어 창밖으로 시선을 옮겼다. 깨끗하게 지울 수 있다면 그것은 이미 사랑이 아니다. 아련하고 찬란한 봄의 풍경 속에서 짙게 흩뿌려지는 것, 그것은 사랑이었다.

무제

꽃이 소모품이라는 생각을 한 적이 있었다
그 기억이 영원할 거란 생각은 못 하고

사랑에 반드시 끝이 있다고 생각했었다
이별 또한 사랑의 한 장면인 것은 모르고

결국에 그 감정들, 시간이 흘러
소멸하는 것인 줄로만 알았다
가슴 깊이 끌어안으며
그로 인해 내가 피어났음은 미처 모르고

오늘이 내 생에 주어진
어제의 진심이란 것은 미처 모르고
오늘이야말로 내 생에 주어진
일생일대의 명장면이었음은 꿈에도 모르고

친애하는 독자님께

우리는 살면서 조금씩 '나'라는 언어를 잃고 타인의 사고에 갇힌 채로, 간혹 나 같은 것을 인용하는 것으로 스스로를 침묵하곤 합니다. 나는 때때로 거울을 보고 물어봅니다. 당신은 누구입니까? 아무런 대답을 할 수가 없지만 이것만큼 확실한 대답도 없을 테지요. 당신은 적어도 나는 아닙니다. 그럼 내 시선이 맞닿아 있는 존재는 누구인가요? 나는 어디에 있나요? 나는 왜 중심이 되지 못한 채, 내 삶의 주변인으로 존재하는 건가요? 마지막 '나'에 대한 기록을 찾아보지만 선뜻 그 존재가 누군지, 무엇인지 정의할 수가 없습니다.

세상에 태어나 첫 번째로 하는 일은 눈물을 흘리는 일이지요.

그것은 어떤 의미의 눈물일까요? 혹시 그것은 탄식이 아닐까요? 우리는 그렇게 지구라는 이 별에서 매 순간 나와 이별하고 있습니다. 산다는 것은 그리하여 못내 서글픈 일이지요. 간간이 느껴지는 이름 모를 공허함과 마땅히 있어야 할 자기 존중의 부재, 그것은 슬프지만 요즘은 너무도 흔한 비극입니다. 동시에 그 비극이야말로 우리가 현재 마주하고 있는 가장 큰 한계라는 생각이 들었습니다.

소설 속에 등장하는 혜원과 연우, 여진과 연수는 각자의 한계와 맞닿아 있습니다. 그들은 나이면서 동시에 당신입니다. 누군가의 무책임으로 인해 받은 마음의 상처, 꿈과 현실의 너무도 큰 괴리감, 그것들은 오늘날 우리가 살면서 겪게 되는 가슴 아픈 한계였습니다. 인간이 살아가면서 겪을 수 있는 가장 불행한 일은 무엇일까요? 글을 써 내려가면서 감히, 그것이 '더는 희망이 없는 삶'이라는 결론을 내렸습니다.

소설을 전지적인 시선이 아닌 각 개인의 시선으로 그린 이유가 그 속에 있습니다. 기성화된 감동이 아니라 마땅히 스스로 해답을 찾아가는 과정을 그리고 싶었습니다. 어디까지나 답이 아닌 과정, 그리고 해답은 각자의 사고 속에서 단어와 단어들 사이에서 스스로 찾아 나서는 것이지요.

살면서 지금까지 셀 수 없을 만큼의 자기소개를 했습니다. 아마 당신도 그러할 테지요. 공교롭게도 타인에게 그렇게나 많은 설명을 건네었거늘 우리는 스스로가 누군지 제대로 알지 못한 채로 살아갑니다. '시, 선.' 그 아름다운 여정의 끝에서 친애하는 독자님께 질문 하나를 남기고 떠나겠습니다.

당신은 누구입니까?

사전을 아무리 찾아봐도 인터넷 검색창을 아무리 뒤져봐도 내가 누구인지에 대해선 그 어떤 해답도 얻을 수 없습니다. 오늘의 우리는 철저하게 나로부터 고립되어 있는 셈이지요. 당신은 누구입니까? 나를 다 알아가기에 삶은 너무도 짧은 것이 아닐까요? 그러니까 더는 미루지 말고 스스로의 의지로 찾아 나서기를 바랍니다. 결국 모든 해답과 희망은 나로부터 비롯되는 것이니까요.

마지막으로 1202호에 사는 그녀에게 고맙다는 말을 전합니다. 덕분에 긴 어둠에서 스스로를 지킬 수 있었어요. 감사합니다.

김민준

그린이의 말

선을 그으며

오늘 당신의 하루는 어땠나요? 사소한 감정들로 사소한 선택들을 하며 1분, 2분을 보내고, 그렇게 시간을 쌓아 오늘 하루를 만들어가고 있겠지요. 완성된 하루를 회상하며 입가에 미소를 머금기도, 후회스러움을 몰래 감추기도 했나요? 혹시 어제와 똑같은 하루를 보내며 생생한 감정들을 잊고 지내진 않았나요?

하루에 한 번씩 스치듯 지나가는 감정들을 기억하세요. 이른 새벽을 깨우는 찬 공기, 버스를 눈앞에서 놓쳐버린 뒤 짧게 뱉은 한숨, 창밖을 보며 들었던 음악 소리. 한 번도 웃지 못한 하루를 보냈더라도, 기억나는 좋은 일이 없더라도 당신의 하루에는 수많은 감정과 느낌이 쌓여 있습니다. 그리고 그 모든 것이 당신의 하루를 완성합니다. 하루가 모여 1년이 되고, 평생이 되고, 그런 사소한 것들이 모여 지금의 우리를 만들었겠지요.

점이 모여 선이 되고, 선은 곧 형체를 이룹니다. 선을 그으며, 저는 그것이 우리와 닮아 있다고 생각했습니다. 우리가 지금 찍고 있는 점들은 어떤 선이 될까요? 어떤 형체를 이룰까요?

등장인물들은 모두 다른 선을 그으며 다른 형체를 만들어내고 있었습니다. 혜원, 연우, 여진, 연수. 그들에게 스스로를 이입해보았고, 누가 나와 가까울까 고민했습니다. 그들은 옅게 혹은 짙게, 얇게 혹은 굵게 선을 긋고 있었습니다. 그러나 그중 무엇이 좋은 선이라고는 이야기할 수 없습니다. 그리고 우리 역시 때로 옅게, 짙게, 얇게, 굵게 살아갑니다. 우리에겐 스스로가 그려가는 각자의 선이 있습니다.

지나간 아픔과 행복, 지금의 사소한 감정들을 소중히 하세요. 모두 당신의 선이 될 점들입니다. 지금 그리는 선을 믿고, 서로의 선을 아껴주세요. 어떤 멋진 그림이 완성될지 아직 모르는 일입니다.

성립